BBN
B•BOY NOVELS

YEBISUセレブリテ pecial

岩本 薫

イラスト／不破慎理

狩野竜也
TATSUYA KANOU

32歳／射手座／B型／183cm

東名大学医学部付属病院の外科医を経て、現在は国内某ERに勤務。同棲中の恋人・綿貫のバックアップを受けながら、激務をこなす。

アルベルト・フランチェスコ・ディ・エンリケ
Alberto Francesco di Enrique

36歳／牡牛座／B型／188cm

イタリアの一流インテリアメーカー【LABO】の日本支社代表。その情熱的な愛情で冷たく凍てついた東城の心を溶かす。

喜多村 慧
KEI KITAMURA

23歳／蟹座／O型／185cm

日本人で唯一、有名ブランド【NEIGES】のパリコレの舞台に立つトップモデル。笹生とは恋人同士で、現在同棲中。

東城雪嗣
YUKITSUGU TOJYO

33歳／蠍座／AB型／180cm

【Yebisu Graphics】の1階にあるカフェ【LOTUS】のチーフギャルソン。アルベルトに熱烈に愛され、壮絶な過去を乗り越える。

谷地猛流
TAKERU YACHI

33歳／射手座／B型／185cm

若者に絶大な人気を誇るファッションブランド【APACHE】のオーナー兼デザイナー。加賀美に一目惚れする。

最上臣司
SHINJI MOGAMI

33歳／牡羊座／O型／188cm

【LOTUS】【LOTUS DINER】のチーフシェフ。パリの三ツ星レストランで修行を積んだクールな天才。フランソワから熱烈なアプローチを受ける。

加賀美淳弥
JUNYA KAGAMI

35歳／魚座／A型／178cm

【LABO】日本支社長・アルベルトの切れ者秘書。【Yebisu Graphics】にはアルベルトの代理で足を運ぶことも。

フランソワ・リカルド
FRANÇOIS RICARDO

29歳／蟹座／B型／180cm

【NEIGES JAPON】支社長。貴族の血を引く名門の出身で、一族が筆頭株主の【NEIGES】に入社。ゆくゆくはトップになることを望まれている。最上に想いを寄せる。

レオン・アレキサンドロ
LEON ALEXANDRO

35歳／乙女座／O型／188cm

世界的に有名な建築家。大城やアルベルトの友人で【Yebisu Graphics】社屋の設計を手がけた。ワイルドな男前だが、高館にメロメロ。大の甘党で下戸。

“エビリティ”って何？

東京・恵比寿に事務所を構える、顔も才能も超一流の凄腕デザイナー集団【Yebisu Graphics】。

彼らの事を、人々は羨望とやっかみをこめて“YEBISUセレブリティーズ”通称“エビリティ”と呼ぶ

YEBISU CELEBRITIES CAST PROFILE

大城 崇
TAKASHI DAIJYO
35歳／獅子座／B型／186cm
【Yebisu Graphics】代表取締役社長兼プロデューサー。スタッフにはボスと呼ばれ、誰もが認める超一流の男。

綿貫 凌
RYO WATANUKI
33歳／牡羊座／A型／187cm
アートディレクター。【Yebisu Graphics】創立時からの生え抜きで、事務所のNO.2。大学時代からの恋人である狩野と同棲中。

藤波はるか
HARUKA FUJINAMI
24歳／魚座／O型／175cm
アルバイトを経て、晴れて事務所の正社員となる。ボスと凄腕のエビリティ達にしごかれながら、感性を磨く毎日。

高館 要
KANAME TAKASHIRO
31歳／双子座／B型／174cm
事務所唯一のコピーライター。いつもニコニコしているが、実はシニカルな毒舌家!?　色々あってレオンと恋人関係に。

久家有志
YUJI KUGE
27歳／天秤座／AB型／184cm
グラフィックデザイナー。かつては女ったらしの遊び人だったが、今は益永一筋。しかし“プチ大城”と呼ばれるワガママ王子っぷりは健在。

笹生アキラ
AKIRA SASAO
25歳／乙女座／AB型／168cm
グラフィックデザイナー。ひっこみじあんだったが、慧との生活の中で少しずつ自分に自信をつけていく。はるかとセットで事務所の癒し系。

益永和実
KAZUMI MASUNAGA
28歳／水瓶座／A型／176cm
アートディレクター。繊細で完璧主義、孤高の秀才。接触恐怖症ぎみの一面があったが、久家との付き合いの中で、柔らかい表情をみせるように。

浅倉 維
TSUNAKI ASAKURA
27歳／牡羊座／AB型／181cm
8人目のエビリティとして【Yebisu Graphics】に入社。広告賞をいくつも受賞する実力の持ち主で、自ら売り込んで入社を決めたが…。

YEBISU CELEBRITIES SPECIAL

CONTENTS

Eternal abode
～永遠のやすらぎの場所～

「こちらのお部屋に運ぶ荷物は、これで全部ですか？」

引っ越し業者の問いかけに、積み重なった段ボール箱の山に埋もれていたぼくは「はい……たぶん」と答えた。

「では、これから荷解きにかかります」

言うなり、スタッフがふたりがかりで段ボール箱のガムテープを剝《は》がし始めた。そのテキパキとした動きにしばし見惚《みと》れてから、はっと我に返ったぼくが手伝おうとすると、「あ、大丈夫ですので、お任せください。ご確認だけお願いします」と言われてしまった。

すごく楽だと聞いて、「楽々お任せパック」というのを頼んだのだが、本当になにからなにまで全部やってくれるようだ。ここ数日は引っ越し準備であまり寝ていないのですごく助かるけれど……。

「こちらの本は本棚に差し込んでよろしいですか？」

「あ、それはぼくがやります」

一応、本の並びの順番や配列にはこだわりがあるので、そう断り、本が詰まっている段ボールに手を突っ込んだ。本だけは、傷が付いたり角が潰れたりするのが不安だったから、自分で梱包したのだ。実は本の詰め込み作業だけで丸三日かかった。

「益永《ますなが》さん、そっちはどう？」

ぼくが箱から取り出した本を本棚に差し込んでいると、開け放たれたドアから久家《くげ》がひょいと顔を覗《のぞ》かせた。スウェット素材の上下というラフな格好だ。

「なに？　自分でやってんの？」

「ああ、本は自分でやりたいから……そっちはどうだ？」

「こっちも荷物の運び込みは終わって、いま荷解きに取りかかってもらっている」

そこでピンポーンとチャイムが鳴る。腕時計を見た久家が「きっと配送業者だ」とつぶやいた。

「二時に洗濯機が届くことになってるから」

身を翻《ひるがえ》した久家が、足早に階段を下りていく。そのトントンという軽快な足音を耳に、ぼくは棚差しの作業を再開した。


パリで久家のプロポーズを受け、教会でふたりだけの式を挙げて三ヶ月。

年明けからふたりで一緒に暮らす新居を探し始めたが、なかなか「これ」といった物件に巡り合うことができなかった。ふたりとも、もともとがマンション暮らしだったので、今度もマンションのつもりで当たっていたのだが、条件に見合う物件はそう簡単には見つからず……。休みの日に足繁く不動産屋を回ったり、ネットで調べたりして、やっとお互いに納得できる物件が見つかったのが三月の頭。

思いがけず、それは一軒家だった。久家のメゾネットタイプのマンションに入っていた家具や膨大な量の衣類を移せるスペースと、ぼくの蔵書をそのまま持っていけるスペースが必要だという条件を満たすとなると、それなりの部屋数が必要となって、結局のところマンションでは難しかったのだ。

場所は恵比寿《えびす》。会社まで徒歩十分ほどの住宅街の一角。フランス人の家族が住んでいたのだが、本国に帰ることになり、売りに出したらしい。木立に囲まれたこぢんまりとした二階建てで、小さなガーデンテラスがついている。漆喰《しっくい》の壁に映《は》えるブルーグレイの鎧戸《よろいど》が、クリスマスをふたりで過ごしたパリ郊外の別荘を彷彿《ほうふつ》とさせる素朴な造り。部屋の中は窓が多くて明るく、間取りもリビングとキッチン、部屋が四つと使い勝手がよさそうだ。下見に行って、ふたりとも一目で気に入った。交渉の結果、賃貸でもいいという話になったので、すぐに契約を済ませた。

やっと転居先が決まってほっとしたのも束の間、「そうとなれば一日も早く一緒に暮らしたい」と騒ぐ久家にせっつかれ、二週間後の土曜日に、引っ越し業者の予約を入れた。その後はあわただしく準備に追われ、そうしてついに今日、代官山《だいかんやま》と目黒《めぐろ》の二ヶ所からの転居と相成ったのだ。


「ふー、なんとか荷解きは終わったな」

その日の午後いっぱいかかって、主要な家具の設置と荷解きが完了。夕方には畳んだ段ボール箱と緩衝材を持って引っ越し業者が引き上げていき、ぼくと久家は、漸《ようや》く新居でふたりになった。

まだ自分の部屋は本の段ボール箱が山積みだし、リビングやキッチンの至るところに、仕舞い場所の定まらない小物や食器やグラスが置かれているけれど、今晩寝るための寝室だけは整った。電話回線も開通したし、ガスと電気、水道も使えるようになった。必要最低限の体裁が整った——とたんに疲れがどっと押し寄せてきて、ぼくはふらふらとソファに近寄った。頽《くずお》れるみたいにクッションに沈み込む。

（つ、疲れた……）

考えてみれば朝からほぼ丸一日立ちっぱなしだ。ぼくがソファでぐったりしていると、ぼくとは裏腹にまだまだ元気そうな久家が、冷蔵庫を開けて、中から茶色の瓶を取り出した。

「おっし、ちゃんとヒューガルデンも冷えてる、と」

ボトルの栓を抜き、アイランドキッチンの上に置いたふたつのグラスにベルギービールを注ぐ。黄金色の液体が入ったグラスを両手にソファまで近づいてきて、片方を「はい」とぼくに渡した。

「お疲れ様」

「……ああ」

グラスを受け取ったぼくの隣に久家が腰を下ろす。

「とりあえず、今日はここまでにして残りは明日にしない？　お互い寝てないし、細かい詰めは、おいおいってことで」

久家の提案に、ぼくも「そうだな」と同意した。

「明日が日曜でよかった」

「うん、土曜日に設定して正解。やっぱ一日じゃ無理だったね」

グラスのビールを呷《あお》った久家が、「美味い！」と声を発し、ふーっと息を吐く。グラスを片手に背もたれにもたれ、ぐるりとリビングを見回した。まだカーテンが下がっていないので、正面のガラス越しにライトアップされたガーデンテラスが見渡せる。

「うん……でもやっぱいい感じ。ここにしてよかったな」

「そうだな」

一軒家は手入れが大変かもしれないと迷ったが、「ふたりでやればいいじゃん」と言う久家の言葉に背中を押され、ここに決めてよかった。なんと言っても庭があるのがうれしい。ぼくの部屋がある二階からの眺めも、緑が多くて気持ちがよかった。

ビールを半分ほど呑んでから上体を起こした久家が、ローテーブルにグラスを置いて、ぼくのほうを見る。

「そういやさ、バタバタしていてちゃんと訊《き》いてなかったけど、今回の引っ越しのことって、家族にはなんて言ったの？」

改まった表情で問われ、ぼくもグラスをテーブルに置いた。

「友達と暮らすって電話で言ったら、母親は驚いてた。『まさか、あなたが誰かと一緒に暮らすようになるなんて』と」

人づき合いが苦手で、他人との関わりを極力避けて生きてきた、少し前までの自分を思えば、その反応も当然だろうと思う。

「そういや……『お友達って女性？　男性？』って訊いてきたな」

「で、なんて言ったの？」

「男だと答えたら、なぜか少しがっかりしているようだった」

「……そっか」

しばらくなにごとか思案するような顔つきをしていた久家が、不意に「あのさ」と切り出してきた。

「必要だったら、俺、あいさつに行くよ？」

「あいさつ？」

「うん、ご両親が一緒に暮らしてる相手のこと、気になるようだったら」

「……特に心配はしていないようだったが」

「ならいいけど」

そう言っておきながらも、まだなにか物言いたげな表情で、鳶色《とびいろ》の瞳がぼくをじっと見る。

「でも、いずれは一度あいさつしたほうがいいんじゃないかと思うんだよね。こうして一緒に暮らして、家族になるわけだし」

家族。

久家の言葉に、ぼくは一瞬息を止めた。

(けどそうか……式も挙げたし、これからは一緒に暮らすんだから)

久家とはもう本当に、家族、なんだよな。

「そうか……そうだよな」

漸く実感が湧いてきて、感慨深く相槌を打つぼくに、久家がにっと笑った。

「俺、一度やってみたかったんだよね。『お義父《とう》さん、お嬢さんをぼくにください!』ってやつ。お嬢さんじゃないけどさ」

「……うちの親、ひっくり返るだろうな」

そのシーンを想像して眉間にしわを寄せていると、久家が肩をすくめる。

「ま、今日明日でどうこうするとか、そんな必要ないけど。いきなりだと確かにご両親もびっくりするだろうし、徐々に小出しにして慣らしていくほうがいいかもね」

こちらを慮《おもんぱか》るような台詞《せりふ》を口にしたあとで、久家はふたたびグラスを手に取った。ぼくに向かってグラスを掲げる。

「とにかく、今日からよろしく」

久家が掲げてきたグラスに、ぼくも軽くグラスを合わせた。

「こちらこそ、よろしく」

「一緒に暮らし始めたら、腹立つこととか、ぶつかることとかも出てくると思うけど、そん時は遠慮しないで言ってよね。腹に溜めた挙げ句に黙って実家に帰るのとか、ナシな」

「わかった」

こくりとうなずくぼくを、久家が目を細めて見つめる。

「あー、これでやっと、あんたが帰っちゃう寂しさともおさらばだ」

「………」

「二十四時間、百パーセント、あんたは俺のもの」

久家が顔を寄せてきて、甘えるみたいに囁いた。

「ずっと、一緒だよな？」

「……うん」

久家が言うとおり、喧嘩《けんか》をすることもあるかもしれない。

コンディションがいい日ばかりではないだろう。

共に暮らすことで、お互いに見せたくない一面を見せてしまうことも、知りたくなかった顔を知ってしまうこともあるかもしれない。

それでも、この選択を後悔はしない。

ふたりで選んだこの家で、久家と暮らしていくという選択を——。

「和実《かずみ》」

久家がぼくの左手を取った。薬指のプラチナの指輪に視線を落として幸せそうに微笑む。

「指輪……今日はちゃんとしてくれてるんだ？」

「休みの時はいつもしてるぞ」

会社ではさすがに恥ずかしくて、チェーンに通して首から提げ、シャツの中に仕舞っているが。

ちなみに、久家は堂々と左の薬指にしている。

「うれしい」

ちゅっと、薬指にキスが落ちた。

「わかってる？　俺たち、今日から新婚さんだぜ？」

「新婚とか言うな。恥ずかしい」

「そんなかわいい声で怒っても効果ないって」

とろとろに蕩けた顔が近づいてきて、ぼくの唇に熱っぽい唇が触れた。

「……ん」

お互いの唇を啄《ついば》み合う甘いキスを数度交わしたあとで、久家がぼくをぎゅっと抱きしめてくる。

首筋に唇を押しつけ、掠れた声で言った。

「あー……やばい。あんた疲れてるのに……したくなってきた」

「えっ」

ぼくがぎょっとして身を引くと、「大丈夫。さすがにそんな無茶はしないって」と久家が笑った。気を紛らわすみたいに立ち上がり、大きく伸びをしてからつぶやく。

「腹減ったね。引っ越し蕎麦《そば》ならぬ、引っ越しパスタでも作ろうか？」

「ああ……そうだな」

「アンチョビ刻むの、手伝ってくれる？」

「もちろん」

久家が差し出してきた手を摑み、ぼくは立ち上がった。そうしてぼくらは手を繋いだままキッチンへ向かい——これから一緒に何百回と積み重ねていく共同作業への第一歩を踏み出した。

Kitty Kitty

1

朝、窓を開けると、流れ込んでくるさわやかな風に、新緑の匂いを感じる。

春から夏にかけての頃は、一年で一番好きな季節だ。気候がいいというのもあるけれど、個人的にこの時期に思い入れがあるのは、二年前のちょうどいま時分、自分にとって人生の転機とも言える大きな出来事があったからだ。

二年前のいまごろ――二十七歳の五月まで、ぼくこと益永和実《ますながかずみ》の日常生活は、とりたてて浮き沈みのない、淡々としたものだった。

グラフィックデザイナーという仕事は、自分で選んだ職種だったから、好きなことを仕事にできて幸せだったし、環境にもクライアントにも恵まれていた。給料だって同世代の中ではかなりいいほうだっただろう。同じ事務所で働く同僚たちは、ひとりの後輩を除いて大人で、ぼくの内向的な性格を「個性」として尊重してくれた。職場の人間関係に不満はなかった。

他人に合わせることが苦手で、周囲と上手く折り合っていけない性格故に、恋人はおろか友達と呼べる存在も皆無《かいむ》だったけれど、だからといってひとりの時間を持て余すことはなかった。

ぼくはひとりで過ごすのが好きだったし、ひとりの自分に慣れてもいた。むしろ、プライベートでの人づき合いなんてめんどくさいと思っていた。

人生には好きな本とアート、そして仕事があればいい。

だから、二十七歳の春に、唯一そりの合わない生意気な（しかも女たらし！）後輩とアクシデントのように体の関係ができてしまい、その後紆余曲折《うよきょくせつ》を経て、彼と恋人同士になるまで……気がつかなかったのだ。

自分が心の底ではずっと、誰かに愛されたい、なにより愛したいと強く願っていたことに――。

居心地のいい、けれど孤独な繭《まゆ》の中で眠っていたぼくを強引に目覚めさせ、下界へと引きずり出した男――ぼくに人を愛する喜びと、それに伴う痛みを教えてくれた唯一無二のパートナー――久家有志《くげゆうじ》からのプロポーズを受け入れ、パリの小さな教会でふたりだけの結婚式を挙げたのが昨年の暮れ。

年が明けて三月。ぼくたちは恵比寿《えびす》に一軒家を借りて、新しい生活をスタートさせた。

新居は会社まで徒歩で十分ほどの住宅街の一角に建つ、木立に囲まれた二階建ての一軒家で、小さなガーデンテラスがついている。白い漆喰《しっくい》の壁に映《は》えるブルーグレイの鎧戸《よろいど》が、クリスマスを過ごしたパリ郊外の別荘を彷彿《ほうふつ》とさせる素朴な造りで、久家もぼくもほとんど一目惚れだった（あとでオーナーがフランス人と知ってなるほどと合点《がてん》がいった）。

実際に住んでみると、一階にリビングとキッチンにプラスして一部屋、浴室などの水回り、二階に部屋が三つという間取りは使い勝手がよかった。窓が多く、室内が自然光だけで充分に明るいのもいい。アイランドスタイルのキッチンも使いやすかった。

引っ越しから二ヶ月経《た》ったいまも第一印象は覆《くつがえ》ることなく、とても快適な生活が送れている。休みごとにふたりで散策がてらインテリアショップやショールームを覗《のぞ》き、基本の家具もほぼ揃って（半分は【LABO《ラボ》】で購入した。決して安い買い物ではなかったが、長く使うことを考えてのチョイスだ）、とりあえず不便はなくなった。あとはおいおい小物や装飾品を集め、自分たちらしいテイストを作り出していこうと久家と話している。

その同居人だが、実は先週から仕事でパリに行っている。

アートディレクションを担当しているファッションブランド【APACHE《アパッシュ》】の撮影のための渡仏なのだが、一緒に住み始めて以降、久家がこんなに家を空けるのは初めてのことで、本人はぼくを残していくのが心配だったらしい。旅立つギリギリまで何度も『本当にひとりで大丈夫？』と訊《き》かれた。

『大丈夫に決まっているだろ。二ヶ月前までひとりで暮らしてたんだから』

『そうかもしれないけどさ。つき合いだしてから一週間も離れてたことなんかないし……メシとかひとりで食える？』

『子供じゃないんだから大丈夫だ。心配するな』

どんなに大丈夫だと言っても心配らしく、「寝る前に戸締り確認」「知らないやつは絶対に家に上げない」「夜道には注意」など、まるで年頃の娘を父親が戒めるような注意事項を書き連ねた紙を冷蔵庫に貼った挙げ句、ぼくのための一週間分の料理を作り置きして、旅立っていった。

向こうに着いてからも毎日国際電話がかかってきて、お互いの一日の報告をし合っているが、どうやらそれでは足りないらしく、今朝もパソコンを立ち上げるとメールが届いていた。

【明日予定どおりに帰国できそう。夕方成田《なりた》着の便だから、遅くとも七時には家に着けると思う。もうすぐ一週間ぶりにあんたに会えるかと思うとドキドキする。早く顔が見たいよ。抱き締めて、一週間分のキスして……キスだけで満足できなかったらごめん。でも、ちょっとくらい暴走したって仕方ないよな。なんてったって俺たち新婚だし】

（誰が新婚だ。……恥ずかしい）

朝っぱらから赤面しそうな文面に、眼鏡のブリッジを中指でくいっと押し上げ、返信文を打つ。

【了解。無事の帰国を祈っている】

ちょっと素っ気ないかな、と思ったが、性格的にとてもじゃないが、あんなこっぱずかしい文章は打てない。少し考えて一文を足した。

【夕食は刺身か焼き魚を用意しておく】

ひさしぶりに和食を食べたいだろうと思ったからだ。和洋中エスニックとひととおりなんでも器用に作る同居人に比べればなにもできないに等しいが、ごはんを炊くのと味噌汁くらいは作れる。

メールを送信し、パソコンを落としたぼくは、ジャケットを羽織ってブリーフケースを摑んだ。腕時計を確認してひとりごちる。

「さて、そろそろ出るか」

会社までは徒歩十分ほどだが、その道程のほとんどが住宅街だ。いまごろの季節は、家々の庭先に咲く色とりどりの草花を眺めて歩くのも楽しい。

特に薔薇《ばら》は本当にいろいろな種類や色があって、つい足を止めて見入ってしまうくらいだ。

(今度、うちの庭にも薔薇を植えてみようか)

薔薇の香りを楽しみながら、そんなことをつらつらと考えつつ歩いていたぼくは、どこからか聞こえてきたか細い声に、ん？　と足を止めた。

耳を澄ます。やっぱりミーミーと鳴き声が聞こえる。

(猫？)

なんとなく哀れみを誘うその声に引き寄せられるように、発信源に向かって進んでいくと、すぐ近くの月極駐車場に辿り着いた。鳴き声はここから聞こえるようだ。

「ミー……ミー」

誰でも出入りできるオープンスペースの駐車場は、白枠で囲まれた駐車区画の半分ほどが埋まっている。鳴きやまない声に導かれ、向かって左側の一番奥に駐まっている黒のセダンまで、ぼくは歩み寄った。確かにここから聞こえているのに、姿は見えない。

(車の……下？)

しゃがんで車の下を覗いたが、暗くてよく見えなかった。迷った末に思い切ってアスファルトに手をつき、這いつくばるようにして車の下のスペースを覗き込んだ。

そこまでしたのは、鳴き声がすごく弱々しかったからだ。

暗闇に慣れてきた目に、もこもこした小さな物体が映り込む。ぼくはレンズの奥の目を細めた。蹲《うずくま》っている毛糸玉の正体は、やっぱり猫……のようだ。しかもかなり小さな子猫。まだ乳飲《ちの》み子らしき大きさなのに、なんでこんなところに一匹でいるんだろう。母猫は？　他のきょうだいは？

もしかして……母猫に置いていかれた？

ぼくの不憫《ふびん》な視線を感じたのか、子猫が顔を上げた。目と目が合った（ような気がした）刹那《せつな》。

「ミー……」

縋《すが》るような声で鳴かれてしまい、うっと息を呑む。

そ、そんな声……出されても。

正直に言って、ぼくは動物全般が得意じゃない。その中には人間も含まれており、久家とつき合うまでは接触恐怖症気味で、肉親以外の誰かと気軽に触れ合ったりもできなかった。

動物に関しては小学校低学年の時、兄が縁日で買ってきたひよこを家で飼っていたことがあったが、一週間も経たずに死んでしまい、その冷たくなった亡骸《なきがら》を見て、ますます苦手意識に拍車がかかった。

唯一大丈夫なのは、事務所の下のカフェ【LOTUS《ロータス》】のアイドル犬スマイルくらい。それだって慣れるまでにはかなり時間を必要とした。

そんな体《てい》たらくなので、いまこの状況を前にしても、どう対処すればいいのかがわからない。

「ミー……」

ぼくが困惑している間に、子猫がもう一度鳴いた。

もしかしてお腹が減っているのだろうか。

だが、生憎《あいにく》と子猫が口にできるような食べ物はなにも持っていない。それに、いつまでもここに這いつくばっているわけにもいかない。そろそろ行かなければ遅刻してしまう。

「ごめん……行かないと」

言葉が通じないのを重々承知の上で、ぼくは子猫につぶやいた。

「お母さんが早く帰ってくるといいな」

励ましの言葉をかけ、のろのろと立ち上がる。アスファルトに直置きしてあった鞄《かばん》を掴み、歩き出そうとした瞬間、子猫が自分を置き去りにするぼくを咎《とが》めるように「ミー」と鳴いた。

ぎゅっと拳《こぶし》を握り、心の中で（ごめん）と謝る。

ぼくにはなにもしてやれない。

ミーミーと追ってくる鳴き声を振り切るように、ぼくは駐車場を足早に立ち去った。

その日、ぼくは入社以来初めて会社に遅刻した。

ただでさえ時間ギリギリだったのに、通勤途中のコンビニに飛び込み、ミルクと紙皿を買って、例の駐車場に引き返したせいだ。

せめて母猫が帰ってくるまで空腹がしのげればいいという願いを込めて、紙皿にミルクを注ぎ、子猫の前に置いた。実際にミルクを飲むところまでは見届けられなかったけれど、その時の自分にできる精一杯だった。

(ミルク、ちゃんと飲めているといいが)

まだ駐車場に蹲っているかもしれない子猫に思いを馳《は》せ、そわそわと落ち着かない心持ちで日中を過ごした。悲しげな鳴き声が耳から離れず、仕事に集中できない。

夕方になる頃には、頭の中は子猫のことでいっぱいで、六時になるやいなや、すごい勢いでMａｃを落とし、誰よりも早く事務所を出た。足早に例の駐車場へ急ぐ。

できれば、もうあそこにいないのが望ましい。母猫が戻ってきて連れ去っていてくれているのがベストだ。

そう願って駐車場に足を踏み入れる。まっすぐに黒のセダンへと歩み寄り、今度は迷わずアスファルトに両手をついた。頭を低く下げて車の下を覗き込む。

果たして、まだ子猫はそこにいた。顔を埋めて丸くなっている。ぼくが置いていった皿もそのまま。そっと紙皿を引き寄せて中を確認したが、ミルクは全然減っていなかった。

なんでだろう？　お腹が空いていないのか。

子猫をじっと見つめていると、緩慢《かんまん》な動きで顔を上げる。だが、今度はぼくと目が合っても鳴かなかった。

元気がない。朝見た時より弱っている気がする。

母親が置いていったのには、それなりの理由があって、きょうだいの中でも弱い子供だったから……かも。

そう思ったら、もう居ても立ってもいられなくなった。ぼくはいよいよ姿勢を低くし、スーツが汚れるのも構わずにアスファルトにぺったりと胸をつけ、できるだけ片手を伸ばした。ほどなく指先がふわふわしたものに触れる。逃げるかな、と思ったけれど、子猫は動かなかった。それだけ弱っているのかもしれない。

そぅっと慎重に手のひらで包み込み、ゆっくりと車の下から子猫を摑み出した。あたたかくて小さな体を怖々と両手で抱え込む。間近で見る子猫は、全身をぽやぽやした薄茶色の毛に覆われ、小さな顔から零《こぼ》れ落ちそうな大きな瞳をしていた。瞳の色も薄茶色だ。

この子がいまどんな状態にあるのか、素人《しろうと》のぼくにはわからない。だが幸いにも動物病院の場所は、何度か前を通りかかったことがあるので知っていた。

ぼくは子猫をスーツの胸許に入れて、ずり落ちないように片手で支えながら駐車場を出た。

「当院の受診は初めてですか？」

受付の女性に尋《たず》ねられ、「はい」と答える。ペットを飼った経験がないので、動物病院に足を踏み入れるのは生まれて初めてだった。

待合室にはぼくの他に、ふたりの女性がいる。患畜は猫とチワワらしく、ふたりの足許のキャリーバッグの中から、キャンキャン、ニャーニャーとひっきりなしに鳴き声が聞こえていた。

「では、カルテを作りますので、こちらに必要事項をご記入ください」

渡された用紙に名前と住所、電話番号を記入して戻すと、「お名前は？」と訊かれた。書いたのにおかしいなと思いながら「益永です」と答える。

「いえ、猫ちゃんのお名前です」

「猫の？」

拾ったばかりなのに、名前なんてあるわけがない。でも便宜《べんぎ》上必要であるならば、当座の間《ま》に合《あ》わせでもなにがしかはつけなければ。

いまはぼくのスーツの胸許でぐっすりと眠っている子猫を見下ろした。その寝顔を眺めているうちに、ふっと脳裏に閃《ひらめ》くものがあった。

「……ユージでお願いします」

子猫が雄だったのと、毛の色や目の色が同居人に似ている……という単純な理由。

もしこの子が元気になって飼い主が見つかったら、その時はまた別の名前がつけられるだろう。

「益永ユージくんですね」

そんなふうに復唱されると、ちょっとこそばゆかったが、「はい」と答えた。

診察室に呼ばれたのは、二十分後。白衣を着た三十代後半くらいの男の先生に、「いかがされましたか?」と訊かれる。ぼくはユージとの経緯を語った。

よくある話なのだろう。ふんふんと相槌を打っていた先生が、慣れた手つきでユージをひょいっと持ち上げた。体をひっくり返したり、口の中を見たりしてから言う。

「乳歯が生えているので生後三週間から一ヶ月くらいですね。体重は……四百グラムか。ちょっと少なめですね。やや栄養失調気味かな。きょうだいの中では体が小さく、競争に負けてお乳が充分に飲めなかったのかもしれませんね。元気がないのはそのせいでしょう。ミルクを飲めば元気になりますよ」

いまにも死にそう、といった深刻な状態ではないとわかってほっとした。

「ミルクをあげたんですが飲まなくて」

「まだこのくらいだと、普通は母親から授乳されている時期なので、哺乳瓶で飲ませないとだめなんですよ。人間の赤ちゃんと同じです」

そうだったのか。

「あの……この子は母猫に見捨てられたんでしょうか」

「残念ながら、おそらくはそうですね。生き延びる可能性の低い弱い子供を切り捨てるのは、自然界ではよくあることです」

切り捨てる——という言葉に胸がつきっと痛む。

こんな、自分でミルクが飲めない子猫が母親に捨てられたら、死ぬしかないじゃないか。自然淘汰《とうた》だと言われたって、納得できるものじゃなかった。

「で、どうされます?」

「え?」

「猫ちゃんをご自分で飼われますか?」

先生の問いかけに虚《きょ》を衝《つ》かれ、両目を瞬かせる。

そのことはまだちゃんと考えていなかった。とにかくこの子をどうにかしなくちゃと、そればかりで……。

「あの……自分で飼うのはちょっと難しいかもしれません。同居人があまり猫を好きじゃなくて……」

一軒家なので、動物を飼うこと自体は問題ないのだが、久家は以前から犬派を公言しており、飼うなら絶対犬!　と言っている。ぼくが動物が苦手なのを知っているから、いまのところは我慢しているようだが……。

「そうですか。最近はインターネットなどでも里親募集ができますからね」

先生はぼくを責めるでもなく、さらりとそう言った。見かねて子猫を拾ってしまったものの、やむを得ない事情で手許には置けない人を、それこそ何百と見てきたに違いない。

「ではとりあえず、里親が見つかるまでは益永さんがこの子の面倒をみるということでいいですか?」

「はい」

「子猫の世話はけっこう大変ですので、心してかかってください」

先生の念押しに、ぼくは神妙な顔つきでうなずいた。

ここまで関わった以上、もはや中途半端に逃げるわけにはいかない。動物が苦手だなんていう言い訳もきかない。相手は生き物なのだ。

「じゃあいまから、ミルクのあげ方や排泄《はいせつ》の促《うなが》し方などを説明しますね」

「よろしくお願いします」

ぼくは真剣な面持ちで、先生のレクチャーに耳を傾けた。


飼い主が見つかるまでは責任を持って面倒をみる。そう覚悟を決めたぼくは、虎の子ならぬユージを大事に抱えて家に連れ帰った。

そこからは、自分の着替えも食事もそっちのけで、ユージの世話に明け暮れる。

「えーと、まずは排泄か」

おしりをやわらかいティッシュかコットンでちょんちょんと刺激して、排泄を促す。それでも出なかったら、お腹をやさしく「の」の字を描くようにマッサージする。

おっかなびっくりではあったが、教わったとおりにしてやると、ちゃんとりきんで出してくれた。

どちらかと言えば神経質で潔癖症だという自覚があったが、ユージに関してはまったく汚いと思わなかった。むしろうれしくて、目を細めて誉《ほ》める。

「よし、よし。よくできたな。いい子だ」

排泄が無事に済んだら、食事だ。

「哺乳瓶に適温の湯を入れ、粉ミルクをスプーンで計って入れる。次にシェイクして、よく溶かす。適温にしないと飲みが悪いので注意」

先生にもらったプリントを横目に、病院で購入した子猫用の哺乳瓶にミルクを作る。

「できた。温度もちょうどいい、と」

「ミー！　ミー！」

お腹空いたよ、ミルクミルク！　とユージがピンク色の口をめいっぱい開けて訴えてきた。

「わかったわかった。いまあげるからな」

ユージを片手で抱き上げて、哺乳瓶の乳首を口許に持っていく。するとユージが乳首にはむっと吸いついた。小さな喉をコクコク鳴らし、一心不乱にミルクを飲み始める。夢中で飲む様がかわいい。勢い余って時折口から零れるミルクを、タオルで拭ってやる。

「よーし、いい子だ……いっぱい飲めよ」

やがて、ユージが吸い口を離し、口の周りのミルクをペロペロと舌で舐めた。どうやら満足したようだ。

排泄と食事が済んだら、次は寝床。

猫用のベッドはないので、段ボール箱を代用にした。タオルはまだ爪が仕舞えないので引っかかってしまう危険性があるとのことで、マイクロファイバー素材のタオルを敷き詰めることにする。

ふかふかの即席ベッドにユージをそっと横たえ、しばらく様子を見守っていると、お腹がいっぱいになったせいか、何度かあくびをしたあとでことんと寝落ちした。

猫は本当によく眠るらしい。子猫だと、一日の三分の二近く寝て過ごすこともあるそうだ。

とにかく、ユージが眠ってくれてほっと一息。

ぼくは、上着こそ脱いだもののまだ着替えもしていなかった自分に気がつき、苦笑した。

「さて、いまのうちに自分の餌の支度をしなくちゃな」


夜中に起きてユージにミルクをあげたのと、寝室の枕許の床に置いた段ボールから鳴き声が聞こえるたびに目が覚めたせいで、完全に寝不足。しかも、今日は久家がパリから帰ってくる日であることを、朝のメールチェックで思い出す始末。

【昨日はタイミング悪かったのか、何度携帯にかけても出なかったけど……大丈夫？　このメール見たら連絡ください】

(うわ……しまった!)

とっさに時計を見る。もう飛行機に乗っている時間だ。

昨夜はメールを見るどころじゃなくて、携帯もマナーモードにして充電器に突っ込んだままだった。

【ごめん、昨日はいろいろあってメールを見たのが朝だった。今日帰ってきたら事情を説明する】

あわてて返信してから、ふと不安になる。

そういえば、この件に関してはぼくの独断で進めてしまい、留守中で仕方がなかったとはいえ、久家に事後承諾になってしまった。一緒に暮らし始めてからは、どんな小さなことでも話し合ってふたりで決めてきたから、こんなのは初めてだ。

怒るかもしれないな。猫、あんまり好きじゃないみたいだし。少なくとも不機嫌にはなるだろう……。

同居人の憮然《ぶぜん》とした表情を脳裏に思い描いて気が重くなったが、だからといって今更ユージを投げ出すわけにはいかない。

里親が見つかるまでだからと、がんばって久家を説得しよう。

そう心に決めて身支度を済ませた。ところが、いざ出勤という段になって、はたと気がつく。

自力で餌を食べられず、排泄もできないユージを家に置いていくわけにはいかない。かといってペットホテルなどに預けるにはまだ小さすぎて、引き受けてもらえないのではないか。

(どうしよう)

迷っている間にも時間は刻々と過ぎていく。昨日の今日で続けて遅刻するわけにはいかない。

「……仕方ない。今日だけは応急処置だ」

ぼくは大きめのトートバッグの底にマイクロファイバーのタオルを敷き、その中にユージを入れた。右肩にトートバッグを掛け、左手にブリーフケースを提げて家を出る。

会社まで、トートバッグをなるべく揺らさないように気をつけて歩いた。時折中を覗くと、ユージがぼくを見上げて「ナーン」と鳴く。昨日とは違い、どこか甘えるような声。

もしかして保護者として認識されている？

頼られている？

そう思い当たった瞬間、なんだかちょっとくすぐったい気分になった。

2

恵比寿の閑静《かんせい》な住宅街の一角に建つ、三階建て総石造りの建物――それがぼくが所属するデザイン事務所【Yebisu《エビス》 Graphics《グラフィックス》】のオフィスビルだ。シンプルでいて、かつどこか重厚なフォルムを描く建築物は、世界的な建築家レオン・アレキサンドロの設計。二、三階がオフィス、そして一階はオープンカフェ【LOTUS】、地下が無国籍料理のダイナー【LOTUS《ロータス》 DINER《ダイナー》】になっている。

「益永さん、おはようございます」

カフェの前のテラスで水を撒《ま》いていた、チーフギャルソンの東城《とうじょう》さんに声をかけられ、ぼくも「おはようございます」とあいさつを返した。いつ見ても立ち姿が凛《りん》と美しく、見ているこちらまで背筋がピンと伸びる。

不意に、東城さんの足許に蹲っていたブチ模様の大型犬がむくりと起き上がり、ぼくに向かってまっすぐ近づいてきた。いつもあいさつ代わりに尻尾は振ってくれるけれど、こんなふうに寄ってくることはないので、やや怯む。飼い主の東城さんも驚いたようで「スマイル！」と愛犬の名を呼んだ。

だがスマイルはその諌めの声にも反応せずにぼくのすぐ側《そば》まで来て、トートバッグに鼻づらを押しつけた。くんくんと匂いを嗅《か》いでいたかと思うと、やがて「ワウッ」と吠える。

「スマイル！　こら！」

東城さんがあわてて駆け寄ってきて、スマイルの首輪を摑んでぼくから引き離そうとした。一方のスマイルも腰を落として踏ん張り、そこからてこでも動かない構えを見せる。しばしの格闘ののちに、東城さんが途方に暮れた表情で謝ってきた。

「すみません。いつもは言うことをきくんですが」

「いいえ……こっちが悪いんです」

スマイルの興奮の理由がぼくにはわかっていたので、却って恐縮する。

「実は……」

トートの中身を見せると、東城さんが切れ長の目を大きく見開いた。

「子猫……ですね」

「ミュー」

「ええ、昨日拾ってしまって。まだ赤ん坊なので家に置いておくわけにもいかず、連れてきてしまったんです」

「そうだったんですか」

ぼくとユージを交互に眺めていた東城さんが、「少し意外です」とつぶやいた。

「意外？」

「なんとなく、益永さんは動物が苦手でいらっしゃるような気がしておりましたので。スマイルのこともはじめは避けていらっしゃいましたし」

ばれていたのかと内心で赤面しつつ、うなずいた。

「正直得意ではないのですが……どうしても放っておけなくて」

すると東城さんがにこっと笑った。いつもはどちらかというとストイックな印象だが、笑うと一転して花が綻《ほころ》ぶように艶《あで》やかになる。

恋人のアルベルトさんと上手くいっているのだろうなと思わせる、素敵な笑顔だ。

「飼ってみるとかわいいものですよ。子犬や仔猫の世話は大変ですが、苦労と引き替えに得るものも多いです。私もスマイルにいろいろなことを教えてもらいました」

先輩の言葉に深くうなずく。

確かに、ユージと出会ってたった一日で、すでにいままで知らなかった新しい自分をいくつも発見した気がする。

「スマイルが子犬だった時に使っていたキャリーバッグがあるのですが、もしよろしかったらお持ちしましょうか？」

「いいんですか？」

「もう使っておりませんので、引き取っていただけたらうれしいです。明日お持ちします」

「ありがとうございます。助かります」

まだユージに興味津々のスマイルと東城さんに別れを告げ、階段を上る。

【Yebisu Graphics】とシルバープレートが貼られた磨《す》りガラスのドアを押し開け、エントランスに足を踏み入れたとたん、眩《まぶ》しいほどの光のシャワーに包まれた。三階まで吹き抜けになっている広々とした空間は、事務所の「顔」とも言えるスペースだ。

「おはようございます」

さわやかな声に横を向くと、トレイを持った藤波《ふじなみ》と目が合った。トレイの上には湯気の立ったマグカップが並んでいる。

「おはよう」

正社員になってそろそろ一年になる藤波だが、いまだにスタッフの中で一番早く出社して、コーヒーを淹《い》れたり、ゴミを捨てたりといった細々とした雑事を始業までに済ませてくれる。仕事はまだアシスタントワークがメインだが、なにを頼んでも嫌な顔ひとつせず、いつも前向きで明るいので、お願いするこっちも気持ちがいいのだ。

彼がアルバイトから正式なスタッフになってくれて本当によかったと、ぼくは常々思っている。

「おはようございます」

ブースが並ぶワーキングスペースに入ると、自分のブースからひょこっと顔を出した笹生《ささお》が、あいさつをしてきた。どこか少女めいた顔立ちは一見年齢不詳だが、実は藤波より年上。男ばかりの事務所の癒やし役だ。

容姿に違《たが》わず心やさしい彼は、最近自分のクライアントを持つようになり、そのせいか以前よりしっかりしてきた。どうやらプライベートでもいい恋愛をしているらしい――というのは久家情報だが。

「益永さん、久家さんって、今日帰国予定でしたよね？」

「ああ、予定どおりのスケジュール進行で、夕方着の便だそうだ。会社に出るのは明日からと聞いている。なにかあったか？」

「ちょっと仕事で相談したい件があったんですけど、急ぎじゃないんで大丈夫です」

笹生と別れて自分のブースに入り、ユージの入ったトートバッグをデスクの上に置く。中を覗くとユージは不思議そうに大きな目をきょろきょろさせていた。知らない匂いがするせいか、やはり落ち着かない様子だ。

「……頼むからいい子にしていてくれよ」

（スタッフはともかくとして、ボスにはばれないようにしないと）

動物を連れてきてはいけないという社則はないが、常識に照らし合わせて「ナシ」だろう。幸いボスの個室は三階なのでばれる確率は低い……はず。

（ユージが大人しい子でよかった。ミャーミャー鳴かれたら、みんなの仕事の邪魔になってしまう）

そんなふうに思っていたら、「失礼します」と後ろから声がかかった。藤波だ。

「コーヒーです」

「ありがとう」

彼がトレイから持ち上げたぼくのマグカップをデスクに置いた時、トートバッグから「ミー」と鳴き声が聞こえた。藤波がぴくっと肩を揺らし、ぼくを振り返る。

「いま、なにか鳴きませんでした？」

「……うん……」

どう説明しようかと悩んでいる間にもう一度ユージが「ミー」と鳴き、藤波がきょろきょろと首を回したあとで、トートバッグをじっと見つめた。

「この中から聞こえる」

訝《いぶか》しげにつぶやいてトートバッグに近づき、中を覗き込む。直後、「うわっ」と声をあげた。

「なっ……なんすか、これっ」

「なにって……猫」

「猫なのは見ればわかります！　つか、なんで猫がここにっ!?」

ぼくと藤波がちぐはぐなやりとりをしていると、笹生がブースの開放口から中を覗き込んできた。

「どうしたんですか？」

「笹生さん！　こっち来て！　ほら！」

呼ばれて近づいてきた笹生がトートバッグを覗き見て「かっ、かわいい！」と黄色い悲鳴をあげる。

「猫だ～。子猫！　かわいい～！」

「どうしたんですか？　この子」

藤波の質問に答えた。

「駐車場で拾ったんだよ。母猫に置き去りにされてて」

「そっかぁ……出産シーズンですもんね」

「あ、あの、抱いてみていいですか？」

もう我慢できないといった顔つきで、笹生が伺《うかが》いを立ててくる。

「うん、ちょっと待って」

ユージをトートバッグから出したぼくは、笹生の手の上に小さな体をそっと載せた。

「そぅっとね。落とさないように」

「は、はい。……うわ～ふわっふわ。軽くてあったか～い。毛玉みたい！」

興奮気味に頬を紅潮させた笹生が、「名前、なんていうんですか？」と訊いてくる。

「えっ……」

「この子の名前です」

「あ……うん……ユージ」

消え入りそうな小声で告げた。顔がじんわり熱くなる。

「ユージくんかぁ。男の子なんですね。……あれ？　確か久家さんも『有志』じゃなかったでしたっけ……」

「いやーっ、ホントいい名前ですよね!!」

笹生のつぶやきを掻き消すように、藤波が不自然なほどの大声を出した。

「なになに？　なんの騒ぎだよ？」

騒ぎを聞きつけてか、コピーライターの高館《たかしろ》さんと浅倉《あさくら》がブースの中に入ってくる。

「高館さん、ほら見てください、益永さんの猫！」

笹生が抱え上げたユージを見て、高館さんが目を細めた。「益永くんの猫なの？　へー、ちっこいなぁ。まさに手のひらサイズ」

ユージの丸い頭を指先でツンツンとつついてから、「しっかし、益永くんが猫ねぇ」と感慨深げな声を出す。

「ちょっと前までバリバリにバリアー張って人間すら容易に近づけなかったのに、孤高のクールビューティが変われば変わるもんだ」

高館さんの言葉に、そんなに変わったように見えるのだろうかと戸惑っていると、それまで一番後ろから黙ってユージを眺めていた浅倉が、視線を転じてぼくを見た。

「飼うんですか？」

「いや……できれば里親を探したいと思っている」

漆黒の双眸《そうぼう》でぼくをしばし見据えたのちに、浅倉がふたたび口を開く。

「野良猫、特に子猫に人間が餌をやると、野良として生きていけなくなります。どんなに哀れに思っても、最後まで面倒をみられないなら手を出さない。それが掟《おきて》です。その掟を破ってしまったのですから、最後まできちんと面倒をみてください」

「…………」

一瞬、軽率だと非難されているのかと思ったが、浅倉の目を見てそうじゃないと気がついた。本気で、ユージの行く末を心配しているのだ。もしかしたら、浅倉はものすごく猫好きなのかもしれない。

「わかった。里親が見つかるまではきちんと責任を持って世話をする」

ぼくの誓いに浅倉がうなずいた——その時。

「おい、ここに集まってなにしてる？」

開放口から低音美声が届き、ぼくはびくっと震えた。

(ボス!!)

クラシコイタリアのスーツに身を包んだ偉丈夫《いじょうふ》を振り返り、さーっと青ざめる。

事務所のヘッドであり、ぼくらスタッフの雇い主でもあるボスの後ろには、片腕の綿貫《わたぬき》さんの姿もあった。ついに、久家以外の事務所スタッフが勢揃いだ。

笹生の腕の中のユージを認めたボスの太い眉が、つと寄った。

（……やばい……怒ってる）

それも当然。仕事場に子猫を連れてくるなんて、常識がないと呆《あき》れられても仕方がない行為だ。

こうなったら叱責は覚悟の上、直談判《じかだんぱん》で許可を取るしかない。

そう腹をくくったぼくは、ボスの前に一歩進み出た。

「お騒がせして申し訳ありません」

まずは頭を下げて詫びてから、ボスの目をまっすぐ見つめて事情を説明する。

「昨日、母猫に置き去りにされた子猫を拾いました。ご覧のとおりにまだ乳飲み子で、里親が見つかるまで面倒をみる必要があります。自分ではミルクが飲めないので留守番をさせられず、仕方なく事務所に連れてきてしまいました」

「…………」

「明日からは対処法を考えますので、本日に限り、ここに置くことを許可していただけませんでしょうか」

緊張に顔を強ばらせてボスの返答を待つ間、心臓がトクトクと早鐘を打つ。

だめだと言われたらどうしよう。そうなったら会社を早退して家で面倒をみるしかない。

そもそも今日はなんとかなっても、明日以降は？

進行中の仕事があるから、そう何日も会社を休むわけにはいかない……。

「冷静なおまえらしからぬ、衝動的な行動だな。益永」

ボスの指摘にぐうの音《ね》も出ず、項垂《うなだ》れた。

そのとおりだ。どちらかと言えば慎重で臆病な自分とも思えない暴走。社会人として、もっときちんと先のことまで考えて行動すべきだった。

（でも……）

いま振り返っても、あのままユージを見殺しにはできなかった。そんなことをしたら、きっとすごく後悔したし、見殺しにした自分を生涯許せなかっただろう。

「……すみません。反省しています」

ますます深くこうべを垂れていると、頭上から低音が落ちてきた。

「手が離れるのはいつだ？」

おずおずと視線を上げる。

「いま生後三週間くらいで……個体差もありますが、早ければ一、二ヶ月でトイレを覚え始めるそうです。同時に離乳食の訓練を始めると聞きました」

「それまでだ」

「……え？」

意味がわからず、しばらくぽかんとしてしまった。

「それまでは連れてきてもいい。ただし仕事の邪魔にならないよう、ゲージの中に入れておくこと。ちょこまか走り回らないようにおまえが責任持って管理しろ」

「あ……」

そこまで言われて漸《ようや》く実感が込み上げてきた。

ボスの許しが出た！

自分の顔がじわじわと緩んでいくのがわかる。

「許可してくださってありがとうございます！」

寛大な措置への感謝の意を示すために、ぼくは三度《みたび》深々と頭を下げた。

「よかったですね！」

「猫ちゃん、よかったね。ママと一緒にいられるよ」

藤波と笹生が我がことのように喜んでくれる。

ほっと和《な》んだ場の空気を引き締めるように、ボスが低音を発した。

「今回は特例だぞ。だからってどいつもこいつも動物連れてくるなよ？　会社は動物園じゃねーんだ」

釘を刺されたメンバーが、口々に「はーい」と答える。

ボスが立ち去ったあとで、綿貫さんが「益永」と話しかけてきた。

「里親を探しているんだろう？」

「あ、はい。少し落ち着いたら、インターネットの里親募集サイトに登録してみようと思っています」

「残念ながらうちのマンションはペット禁止なんだが、猫を欲しがっている人がいないか、クライアントに声をかけてみる。同居人にも訊いてみるよ。あいつの職場はたくさんの人間が出入りするしな」

綿貫さんの同居人は狩野《かのう》さんといって、外科のお医者さんだ。ＥＲに勤務している。

「助かります。よろしくお願いします」

「僕も周りに訊いてみます」

「俺も友達とかに声かけてみます」

次々と名乗りをあげた笹生と藤波に続いて、高館さんも「俺も心当たりに訊いてみる」と協力を約束してくれた。

「知り合いに、とにかくアホみたいに顔の広い男がいるんで、そいつにも声をかけてみるよ」

その話を聞いた刹那、レオンさんの顔が頭に浮かんだ。――なぜかはわからないけれど。

最後、みんなの視線を集めた浅倉が肩をすくめる。

「……俺も一応訊いてみますが、友達が少ないんで期待しないでください」

いかにも浅倉らしいコメントに、その場のみんなが一斉に笑った。

3

「………で？　こいつ、なんでうちにいんの？」

地の底を這うような不機嫌丸出しの低音を聞き流し、ぼくはベビーオイルをつけた綿棒を片手に、ユージのおしりと格闘していた。

「だからさっき説明しただろう？　駐車場でお腹を空かせてミーミー鳴いてたんだ。母猫に置き去りにされたんだよ……かわいそうに」

「それは聞いたけどさ、俺が知りたいのはなんでそいつがうちにいるのかってこと」

「その説明は長くなるからあとでする。いまはこっちが先。ああ……なんで出ないんだろう？　そろそろ出ていい時間のはずなのに。出してくれないとミルクがあげられない。ひょっとして便秘なのか？」

眉間に深いしわが寄り、ため息が漏れる。かれこれ二十分はマッサージしているのに効果がない。

悪戦苦闘している間に久家がパリから帰ってきたのだが、ぼくは『ユージ』のことで頭がいっぱいで、一週間ぶりの『有志』を労《いたわ》る心の余裕もなかった。

「ってかマジで意味わかんねーんだけど！　一週間ぶりに家に帰ってきたら奥サンが見たこともねぇチビの便秘の心配で、おかえりのキスもハグもないってどーゆーことだよ!?」

横でわめく久家を「しっ」と窘《たしな》めた。

「大きな声出すなよ。余計に萎縮して出なくなっちゃうだろ?」

「ミー……ミー……ミー……」

ユージが物騒《ぶっそう》なオーラを撒き散らす見知らぬ男に怯えて、「だぁれ? 怒ってる。怖い」と訴えてくる。

「よちよち。大丈夫だよ。怖いオジサンのことは気にしなくていいからね」

「オジサンって誰!? 俺、あんたよりひとつ若いんですけど!」

また大きな声を出した同居人を、ぼくはキッと横目で睨《にら》みつけた。

「うるさい。邪魔するなら向こうへ行っててくれ」

久家がガーンとショックを受けた顔をする。

「……なにそれ? なにその仕打ち……ありえねー……」

さすがにそのダメージマックスの表情と哀れっぽい声に、悪かったと反省した。いくらユージが時間どおりに排泄してくれなくてピリピリしていたからといって、言いすぎた。これじゃあ八つ当たりだ。

「……ごめん」

謝ると、久家がまだだいぶ拗《す》ねた面持ちながらも、少しばかり怒りのオーラを収めた。

「あんた、イレギュラーに弱いから。テンパッて周り見えなくなるの悪い癖だぞ。完璧にやろうとして育児ノイローゼになるタイプ」

「……うん」

忠告も上の空で考える。

こうなったら先にミルクを飲ませるしかない。お腹がいっぱいになったら自然と出るかもしれない。

結論が出たとたんに、ユージを摑み上げて傍《かたわ》らの久家に預ける。

「ちょっと抱いていてくれ」

「はぁ!? ちょ、待っ」

「そっとだぞ。絶対落とすなよ」

「そっとって……痛てーっ！ 引っ搔きやがったこいつ！ だから猫は嫌いなんだよ！」

「ミャー！ ミャー！」

「痛てーっ！ 痛てーって！ 暴れんな、こらっ」

「ミルク作ってくるから！ 五分で戻る！」

「うわっ、指嚙みやがった!! くそチビッ」

久家の罵声《ばせい》を背に、ぼくはキッチンへダッシュした。

ミルクを作っている間、たまりかねた久家が鳴き叫ぶユージを抱っこして、ぼくの後ろをうろうろする。

「なぁ、まだかよ?」

「ミギャーッ！ ピギャーッ！」

「怪獣みてーな鳴き声出してるよ！　早くしてくれ！」

「いま冷ましてる。あと一分我慢してくれ」

「ばか、這い上がるな！　肩に爪立てるな！　頭に上るな!!　いててててっ」

「よし、適温！　バトンタッチ！」

ギブアップ気味の久家からユージを引き取ると、ぴたりとユージが鳴きやんだ。人肌にあたたまったミルク入りの哺乳瓶を小さな前肢でひっしと抱え、コクコクと喉を鳴らして飲むユージの横で、久家が力尽きたように蹲る。

「はぁー……勘弁してくれよ」

ため息混じりにぼやきつつウェーブのかかった栗色の髪を掻き上げ、次に傷だらけの自分の手を見て顔をしかめた。

「くそっ……なんなの？　こいつ」

「おまえが猫嫌いなのがわかるんじゃないか？」

「益永さんだって、動物全般苦手じゃん」

「でもこいつは特別なんだ」

自分がいなくちゃミルクすら飲めない、か弱くて小さな生き物を目を細めて見つめる。

「あーあ……母性だか父性だかわかんないけど、なにその蕩《とろ》けそうなメロメロ顔。そんな顔、俺にだってしたことねーのに。……あんた、本当に益永さん？　俺がパリに行ってる間に別人に入れ替わったんじゃねぇよな？」

疑惑を口にした久家が、ここぞとばかりに釘を刺す。

「言っとくけど、そいつ飼うとか絶対ナシだからな！　俺が犬派なの、あんたも知ってるだろ？」

「……わかってるよ。いま事務所のみんなが手分けして里親を捜してくれている」

「…………」

「里親が見つかるまででいいから、うちで面倒をみたいんだ。事後承諾になって悪かったし、それについては謝る。なるべくおまえには迷惑かけないようにするから」

「……本当かよ？」

疑わしそうな声を出す久家に、ぼくは頭を下げた。

「頼む」

「ずりーよな……ここで拒否ったら、俺ひとりが血も涙もない冷血漢じゃん」

ぼくの懇願に、久家は心からは納得していないといった顔つきではあったが、最後は渋々と承諾してくれた。


だがその後、久家の機嫌はどんどん悪くなる一方だった。ただでさえ不機嫌だったところに、ユージの世話でいっぱいいっぱいなぼくが、ごはんを炊いてなければ約束した刺身も買っていなかったことが発覚したのだ。しかも、この一週間でストックは食べ尽くしてしまい、冷蔵庫も冷凍庫もすっからかんだった。

「すまない。とりあえずこれで……」

おずおずとぼくが秘蔵のカップラーメンを差し出すと、久家のこめかみにピキッと筋が走る。

「こんなもん食ったら味覚がおかしくなるだろ？　カップラーメンなんかいつ買ったんだよ？」

「まだひとり暮らしの時にコンビニで買った」

「って、いつのだよ!?」

久家の大声に反応して、段ボール箱の中から不安そうな鳴き声が聞こえる。

「ミー！　ミー！」

「あっ」

「おい、まだ話は終わってな……」

久家の小言の途中で、ぼくは段ボールに駆け寄った。ユージを抱き上げて頭をやさしく撫でる。

「よしよし……怖くないからな」

「……ミュー……」

ユージを抱いたまま振り返ると、久家が怒り心頭といった表情で仁王立ちしていた。

しまった……と思ったけど、あとの祭り。

「あんた、こいつと俺とどっちが大事なの？」

憮然とした声音で問われ、困惑する。

ユージはユージ、久家は久家だ。どっちのプライオリティが上とか下とか、順位はつけられない。

「……どっちって……そんなの比べられない」

正直に答えた瞬間、久家が露骨《ろこつ》にむっとした。

「もうメシはいいよ。……風呂に入るから」

言うなり肩を怒らせ、久家はリビングをずんずんと大股で出て行ってしまった。


「今夜はこの子と一緒にソファで寝るから」

夜中に何度もユージが鳴いたら久家がゆっくり眠れないだろうと思い、そう申し出たのだが。

「いいよ。俺がソファで寝る」

依然として不機嫌な顔つきで久家が言った。

「いや……それは悪いから。おまえ、ただでさえ長時間のフライトで疲れてるんだし……俺が」

「いいって。あんたはベッドで寝ろよ」

低音で押し切られ、それでもまだどうしようと逡巡している間に、久家がさっさとリビングの照明を落とす。カウチソファに横になり、ブランケットをひっ被って寝てしまった。

薄暗いリビングにしばらく立ち尽くしてから、ぼくは小さな声で「おやすみ」とつぶやいたが返事はない。

「………」

ユージを抱いて二階の寝室に上がり、ベッドに腰掛けてふーっと息を吐いた。

なんだかすごく疲れた……。考えてみたら、昨日もほとんど寝ていない。

ずっとバタバタしていて、久家が帰ってきてからもスキンシップがまったくなかったことに、今更気がつく。

——一週間ぶりに家に帰ってきたら奥サンが見たこともねぇチビの便秘の心配で、おかえりのキスもハグもないってどーゆーことだよ⁉

久家の怒りの声が蘇《よみがえ》り、胸がツキッと痛んだ。

（……悪いことをした）

どんなに余裕がなくても、「おかえり」のキスくらいできたはずだ。無事に帰ってきたことはもちろん、ぼくだってすごくうれしかった。でも、それをきちんと相手にわかるように示す労力を惜しんだ。その上、子猫にかかりきりで、夕食もカップラーメンで済ませようとした。

久家が怒るのも当たり前だ。

いまから謝りに戻ろうか。

けど、もう寝ているかもしれない。疲れているのに起こすのは酷《こく》だ。

明日、久家が起きたらちゃんと謝ろう。そして、無事に、元気に自分のところに帰ってきてくれてありがとう、うれしかったと伝えよう。

「それがいいよな？」

「ミュー」

ぺろぺろとぼくの指を舐めるユージを段ボール箱に入れて、自分もベッドに入った。

キングサイズのベッドを、妙に広く感じて持て余す。

久家がいなかった昨日までは、別段その広さを意識することもなかったのに……。


ケホッ、ケホッと咳き込むような音で目が覚めた。薄闇の中で二、三度両目を瞬かせてから、がばっと起き上がる。

「ユージ!?」

枕許のライトを点《つ》け、ナイトテーブルの上から眼鏡を掴んで装着した。枕許の床の段ボール箱を覗き込む。口からミルクを吐き出し、ぐったりと横たわるユージの姿が目に飛び込んできた刹那、背筋がひやっと冷たくなった。

「ユージ!」

震える手で小さな体を持ち上げる。

心臓……動いてる!　よかった!

だが、ほっと脱力している場合じゃなかった。この時期の子猫はちょっとしたことで体調を崩し、最悪命を落とすことがあると、獣医の先生に言われていたからだ。結局、昨日は排便をしなかったし、ミルクを吐いた。体調が悪いことは確かだ。

（どうしよう？）

時計を見れば深夜一時を過ぎている。人間ならともかく、こんな時間に動物を診《み》てくれる病院なんてあるんだろうか？

でも朝まで待っていたら、取り返しのつかないことになってしまうかもしれない。

居ても立ってもいられず、タオルに包んだユージを抱きかかえ、ぼくは階段を駆け下りた。

どうやらその音で目が覚めてしまったらしい。リビングに入るとすぐ、暗闇から声がかかった。

「なに？　どうしたの？」

「……ごめん……起こしちゃって」

久家が起き上がる気配がして、パチッと電気が点く。

久家の顔を見たら、張り詰めていたものがぷつっと切れた。

「ユージが！」

「ユージ？」

訝しげな顔をした久家が、ぼくの腕の中のユージを見下ろし、ややして「そいつ……ユージっていうのか」とつぶやく。

ぼくはこくっとうなずいた。

「ミルクを吐いちゃって……なんかぐったりしてて……どうしよう」

半泣きで訴えるぼくの肩を久家が摑む。

「落ち着きなって。大丈夫だから。野良だし、強いからそんなに簡単にくたばったりしねぇよ」

「でも……」

「あんたがパニクってどうすんだよ。しっかりしろよ。少なくともいまはあんたがそいつの親代わりなんだからさ」

叱咤激励の声を聞いていたら、徐々に、いまにも破裂しそうだった心臓が落ち着いてきた。ぼくの顔つきでそれを察したのか、肩から手を離した久家が「いま何時？」と訊いてくる。

「一時十五分」

「寝てるだろうけど……一か八かだな」

低くひとりごちたかと思うとリビングを出て行った。とんとんとんと階段を駆け上がる音が聞こえ、少しの間を置いて、今度は下りてくる音が聞こえる。

戻ってきた久家は、スウェットの上下に薄手のコートを羽織り、手にはぼくのジャケットを持っていた。そのジャケットをぼくに投げて寄越《よこ》す。

「着て。すぐ車出すから」

「って、どこに？」

「動物病院」

「もう閉まってるよ」

そんなのわかってる、という顔をした久家が、不遜《ふそん》な台詞を吐いた。

「んなの、叩き起こすしかねーだろ」

結論として、ユージは大丈夫だった。

寝入りばなを起こされた先生はそれでも、恐縮するぼくに、「よくあることですからお気になさらず」と言って、ユージを診てくれた。

「嘔吐したのは、環境が変わったことによるストレスでしょう。もう数日もすれば新しい環境に慣れてくると思いますよ。人工のミルクを飲ませていると、どうしても便秘がちになりますが、二、三日くらいは出なくても大丈夫です。それ以上続くようならまた連れてきてください。浣《かん》腸《ちょう》で出しますから。あとは運動させること。そうすることによって腸も蠕動《ぜんどう》しますから」

「はい、わかりました。こんな時間に診てくださって本当にありがとうございました」

先生に重ねがさねお礼を言い、ぼくと久家はユージを連れて、我が家に戻った。

寝室でユージを寝かしつけてから一階に下りると、久家がアイランドキッチンで修道院ビールの栓を開けていた。

「寝た？」

「うん、ぐっすり」

「そっか。――シメイ、呑む？」

「うん」

ぼくにもグラスを用意して、ビールを注いでくれる。お互いに「お疲れ」と言い合い、立ったままグラスのビールを呷った。

「ふー……美味しい」

「ああ……美味《うま》いね」

半分ぐらい飲んだグラスを石の天板に置き、隣の久家に向き直ったぼくは、改めて礼を言った。

「車を出してくれてありがとう。すごく助かった」

久家がいなかったら、きっとぼくはひとりで途方に暮れて、おろおろするばかりだっただろう。

本当に久家のおかげだ。

「まぁ、チビがなんでもなくてよかったよ」

肩をすくめた久家が、ぼそっと言い添える。

「あんたが悲しむの、見たくないからな」

その言葉を聞いたら、急激に胸に迫るものがあった。

「久家……」

「それに……自分と同じ名前のやつが死んだりしたら、なんか縁起悪いし」

少し照れたような笑いを浮かべる恋人を、ぼくは黙って見つめる。

「有志」

「ん？」

いろいろな言葉が胸の中で渦巻《うずま》いていたけれど、口をついて出たのは――。

「……言うのが遅くなったけど、おかえり。無事に、元気に戻ってきてくれてすごくうれしい」

「……和実」

鳶色《とびいろ》の瞳をじわりと細める恋人の首に腕を回し、少し背伸びをする。

「会いたかった」

「和……」

わずかに瞠目《どうもく》する美貌にゆっくりと顔を近づけ、ぼくは八時間遅れの「おかえりなさい」のキスをした。

「それと……ごめん……夕食……」

ちゅっと音を立てて唇を離したあとで謝ると、久家が「いいよ」と鷹揚《おうよう》に返してくる。

「でも……」

ぼくの唇を人差し指で塞ぎ、久家が甘く囁いた。

「その代わり……一週間ぶりに、あんたを食べさせて」


一週間ぶりの熱く濡れた粘膜を味わうように、何度も何度も唇を合わせ、お互いの口の中を舌で愛撫し合った。

「ん……ふ……んっ」

唾液の糸を引いて唇を離すと、久家がカウチソファに胡座《あぐら》を掻いて両手を広げ、「お膝においで」と甘い声で誘う。なんだか子供みたいでちょっと恥ずかしかったけれど、ぼくは素直に恋人の膝に後ろ向きに座った。

広い胸にすっぽりと抱き込まれ、久家の匂いを嗅いで、覚えずほっと安堵《あんど》の息が漏れる。

この一週間、やっぱり久家がいなくて寂しかったんだなと改めて実感した。

甘えたくなって胸にもたれかかったら、恋人の唇が頬に触れた。首を捻《ひね》るようにしてまたキス。くちゅくちゅと舌を絡ませ合いながら、久家の手が慣れた所作でぼくの寝間着のボタンを外し、前をはだけさせる。あらわになった素肌に、大きな手が触れた。

ぼくより体温の高い手のひらが、肌触りを確かめるようにゆっくりと滑るのが気持ちいい。

うっとりと目を細めていると、脇腹を撫で上げていた久家の手が、不意にきゅっと乳首を摘《つま》んだ。

「あっ」

小さく声が漏れる。愛し合うたびに久家に愛撫を施され、ここで感じることを覚えさせられた場所。だから普通の男よりそこが敏感である自覚はあったけれど、一週間ぶりのせいか、余計に過敏になっているようだ。

指の腹で擦られたり、押しつぶされたり、爪で軽く引っ掻かれたりしているうちに、たちまち芯を持ち、乳首がぷっくりと勃ち上がった。

「もう硬くなって俺の指を弾き返してる」

どこかうれしそうな声が耳許に囁き、耳朶《じだ》がじんわり熱を持った。

満足するまで弄り倒し、ぼくを散々喘がせたあとで、漸く胸から離れた久家の手が滑り下りて、寝間着の下衣の中に潜《もぐ》り込む。さらに下着の中へと忍び込み、ぼくの欲望を握った。

熱い手に包まれて、びくんっと体が震える。

「俺がいない間、自分でこれ、弄った？」

問いかけにふるふると首を横に振った。

「本当？　自分でしなかった？」

疑われて、ちょっとむっとする。

「するわけ……ないだろ」

実際に前半は仕事が忙しかったたし、後半はユージの騒ぎでそれどころじゃなかった。

「ふーん？」

まだ疑わしげな声を出した久家が、おもむろに手を動かし始める。上下にぬくぬくと扱《しご》かれ、「あっ、あっ」と嬌声《きょうせい》が零れた。下腹のあたりに、ここしばらくは忘れていた熱が溜まってきて、うずうずと腰が揺れる。

「こんなに感じやすいのに、本当に一週間も我慢できたの？」

意地悪な台詞《せりふ》に、黒目がじわっと潤んだ。

「ほら……ちょっと弄っただけで、もう濡れてきてる。エッチな音、聞こえてる？」

親指の腹で先っぽをぐりぐりと円を描くように擦られる都度、にちゅっ、ぬちゅっという淫靡《いんび》な水音が耳に届く。わざと立てているとしか思えない淫らな粘着音に羞恥を覚え、ぼくはいやいやと首を振った。

「……やっ……やめ」

「いやいや言ってるわりには、すっごいお漏らしだけど？」

「言うなっ……ばかっ」

耳許で久家が笑った気配のあと、「濡れちゃうから、脱ごうか？」と言われた。促されるがままに腰を浮かすと、下着ごと下衣を取り除かれる。久家自身も手早く衣類を脱ぎ去った。

「さぁて……こっちはどうかな？」

久家がぼくの尻の下に手を潜り込ませ、双丘の狭間《はざま》を指でつつく。何度かあわいをさすってから、長い指をつぷりとめり込ませてきた。

「アッ」

「……キツイね」

「んっ……う、んっ」

「すげ……欲しがってきゅうきゅう締めつけてる……狭くて気持ちよさそう」

耳殻《じかく》に掠れた声を吹き込まれ、ぞくっと背筋が震える。勃ち上がった先端から、またつぷっと蜜が盛り上がったのがわかった。恋人の熱い楔《くさび》でソコを掻き混ぜられることを想像しただけで、体が熱く火照《ほて》って濡れてしまう。

いつの間に、自分はこんなに淫らになってしまったんだろう。

わからないけれど、キスすら知らなかった自分に、愛し、愛される悦《よろこ》びを教え……こんなふうに変えたのが久家であることは確かだ。

「そろそろ……いい感じ？　ちょっと腰、持ち上げてみて」

膝立ちになり、腰を久家に支えられた体勢で、恋人の熱い欲望を脚の間に宛がった。

熱い！

息を呑んだ直後、腰を支えていた手を離され、体が沈む。自分の体の重さで恋人をずぶずぶと咥《くわ》え込んでしまい、ぼくは喉から「ひっ」と悲鳴を漏らした。

「あ……入っ……入っちゃう……っ」

「……マジ、キツイな」

苦しそうな声でつぶやいた久家が、ふたたびぼくの腰を掴み、ぐいっと引き下ろす。

「あぁ——っ」

身を割られるような衝撃に涙がぶわっと溢れた。

きつくて……苦しい。

それでも、恋人が自分の中にいるという充足感は、なにものにも代え難《がた》い。いや、苦しいからこそ、ひとつになった時の喜びが大きいのかもしれない。

「どう？　大丈夫？」

「ん……大丈夫」

こくっとうなずくと、ほっとしたかのような息が首筋にかかり、「動くよ？」と言われた。

「ひさしぶりだから……ゆっくりね」

その言葉のとおり、はじめは遠慮深く、探るようにゆったりと抽挿《ちゅうそう》を送り込まれる。

「……ふっ……ん、んっ」

だが、ぼくがその律動に応えるように腰を揺らすと、少しずつピッチが上がり――いつしか加減を忘れたように情熱的な突き上げが始まった。

「あっ……あっ……あん」

「ここ？　ここがいい？」

「んっ……い、いっ……あぁっ」

感じる場所に的確に狙いを定めて打ち込まれる、重くて深い抽挿に、ぼくは喉を反らして嬌声を放った。

抉《えぐ》られ、穿《うが》たれるたびに、自分の中が喜びにうねり、熱い楔に絡みつくのがわかる。先走りが結合部分まで滴《したた》り、ぐちゅっ、ぬちゅっとあられもない音が響く。

恋人と隙間なくひとつになり、快感を共有し、どろどろに溶け合う、この瞬間が好きだ。

頭の中が真っ白になって、一番プリミティブな自分に還《かえ》り、恋人を感じることが優先順位の一番になる瞬間が――。

「……有志……っ」

抜き差しごとに高まっていく射精感にぶるっと身を震わせ、ぼくは恋人の名前を呼んだ。

「なに？　イキたいの？」

「ん……んっ」

涙目で限界を訴えたけれど。

「まだ……だめだよ。まだ一週間分のあんたを食べ尽くしてないから……だめ」

甘く昏《くら》い声で言い含められ、甘美なおののきが背筋を走る。

「もっと、たっぷり、味わわせて」

激しく腰を打ちつけてきた恋人に振り落とされないように、ぼくは彼の腕にぎゅっとしがみついた。


一週間分のツケをたっぷりと払わされたそのあと——。

恋人の腕の中でこのまま寝落ちしてしまいたい誘惑と懸命に闘ったぼくは、睡魔にかろうじて打ち勝って、むっくりと身を起こした。寝間着の上衣を羽織り、カウチソファから下りる。

「どこ行くの?」

背中越しの久家の問いに、「ちょっとユージの様子を見てくる」と答えた。

そろそろミルクを欲しがって鳴いているかもしれない。

また文句を言われるかと思ったけれど、意外や久家は「俺も行く」と起き上がってきた。

ふたりで階段を上り始めると、その足音に反応したように「ミー、ミー」と鳴き声が聞こえる。

「起きたみたいだな」

ぼくは急いで階段を上がり、寝室のドアを開けて、段ボール箱まで駆け寄った。

「ミー、ミー」

ママお腹空いた！　と訴えるユージを抱き上げて、「よし、よし」とあやす。

「いまミルクを作ってやるからな」

「あんたが抱くと鳴きやむんだ。こんなチビなのにちゃんと餌くれる相手がわかってるんだな」

感心したようにつぶやく久家と一緒に階段を下り、キッチンへ向かった。

「哺乳瓶は？　……と、あった、これだ。……粉ミルクはどこに仕舞ったっけ？」

ユージを抱いたまま、ぼくがミルクの用意をし出すと、久家が手を伸ばしてくる。

「抱いててやるよ」

予期せぬ申し出に驚き、思わず「えっ」と声を出した。引っ掻かれたり、噛まれたり、散々な目に遭《あ》ったばかりなのに？

「い、いいのか？」

確かめるぼくに、久家が「ま、徐々に慣れないとな」と返してくる。

「里親が見つかるまでは、どのみちふたりで面倒みなきゃなんないんだし」

「……久家」

たとえ期間限定でも、久家がユージの存在を受け入れようとしてくれたことがうれしくて、ぼくは「ありがとう」と囁いた。

久家が慎重な手つきでぼくからユージを受け取る。小さな体を胸に抱え込んで、薄茶色のつぶらな瞳を覗き込んだ。

「チビ、おまえはまだ赤ん坊でなにひとつ自分でできない。仕方ないから少しの間、益永さんを貸してやる。でも言っておくけどな、基本和実は俺のもんだからな。そこんとこ勘違いするなよ？」

言って聞かせるような真剣な声に、小首を傾げていたユージが、ほどなく「……ミゥ」と返事をした。

「よし。わかればいい。んじゃ、しばらくの間は一緒に暮らす家族ってことでよろしくな」

握手よろしく久家が顔の前に突き出した人差し指を、ユージがぺろっと舐める。

「こらっ……くすぐってぇって」

首を縮める久家と、その腕の中のユージを、ぼくはなんだか胸がほっこりとするような、幸せな気分で見つめた。

さて、ここからは後日談。

初対面の数時間こそユージを「怪獣」呼ばわりの上に大人げなく敵対視していた久家だが、一週間もするとすっかりその存在に慣れ、頼まれなくても自分から世話を焼くようになった。

自ら率先してミルクを飲ませ、下《しも》の始末をし、会社帰りにペットショップに日参しては、やれ猫ベッドだタワーだオモチャだと嬉々《きき》として購入しまくるその変貌ぶりにはぼくのほうがびっくりした。

さすがに「ユージ」呼びは照れくさいのか、「ユー」とか「ユー坊」などと呼んでいるが、ユージとじゃれている時の顔は、デレデレのメロメロで、傲慢《ごうまん》わがまま王子の面影はいずこ、といった有様だ。

近々犬派から宗旨《しゅうし》替《が》えしそうな勢いで、我が家にもう一匹正式に家族が増える日も、そう遠くない気がする今日この頃である。

Summer Holiday
～初めての里帰り～

1

日曜日ののどかな昼下がり。

すこぶる日当たりのいい一階のリビングには、夏の陽射しが燦々《さんさん》と差し込み、目に眩《まぶ》しいくらいだ。ガラスの窓越しに望める庭にも青々と緑が生い茂り、色とりどりの花が競い合うように咲き乱れている。

久家《くげ》お手製のパスタランチのあと、リビングのボックスチェアに腰掛け、ぼくはタブレットでアート関連の記事を拾い読みしていた。相方の久家は、カウチソファに寝そべり、長い脚を投げ出してくつろいでいる。

ぼくと久家が恵比寿《えびす》の一軒家で同居を始めて四ヶ月。春に始まった共同生活が初めての夏を迎えた。

久家にプロポーズをされ、パリ郊外の小さな教会でふたりだけの結婚式を挙げたのが昨年の暮れ。年が改まった今年の三月には、それぞれの住まいから新居に引っ越しをして、同居生活がスタート。

だが、ふたりだけの生活は二ヶ月余りで終わりを告げた。悪い意味ではなく、もう一匹家族が増えたのだ。

新しい家族の名前は「ユージ」。ぼくが駐車場の車の下から拾ってきた雑種の子猫だ。発育不良で母猫からネグレクトされていたらしいユージを保護して、家に連れ帰ったのが五月だった。

犬派の久家は、最初こそユージに引っ掻かれては「くそチビ」などと罵声《ばせい》を浴びせていたが、あれよあれよという間にメロメロになり、いまではすっかり子煩悩《こぼんのう》な『パパ』だ。いまも腹の上にユージを乗せて、頭から背中にかけてを撫でている。ちなみにユージの名前は、久家の下の名前「有志《ゆうじ》」から取った。さすがに同じ名前は照れくさいのか、久家はユージを「ユー」もしくは「ユー坊」と呼んでいる。

一方のユージも久家が大好きだ。おそらくぼくより背が高くて力もあって、遊ばせ方が大胆だからだろう。男の子なので、ちょっと乱暴なくらいがいまは楽しいらしい。

「益永《ますなが》さん、夏休みどこ行く?」

不意に、久家が問いかけてきた。タブレットから顔を上げて、明るい鳶色《とびいろ》の瞳と目が合う。恋人の甘く整った貌を、ぼくはじっと見据えた。

ここ最近、久家は折に触れてこの話題を振ってくる。

「だから……ユージがいるから旅行は当分無理だって言っただろ?」

「ユー坊もだいぶ大きくなったし、そろそろ留守番できるって。もちろん一匹じゃ無理だから、誰かに預けることにはなるけどさ」

そう言い返した久家が、腹の上でだらりと伸び切っているユージの両前肢を摑み、「な? できるよな?」と話しかける。

「ニャー」

ユージが元気に返事をした。保護した当初は弱い子だったが、この二ヶ月でひとまわり以上大きくなり、体力もついた。最近じゃ元気すぎて、一緒に遊ぶのにこっちが要望に応え切れないことがあるくらいだ。真夜中に「大運動会」を開催して叱られることも多い。

とはいえ、ユージを残して旅行なんて心配で楽しめそうにない。

「……でも……」

「こいつのために俺たちの行動が制限されて、ストレス溜まっちゃったら、結果的にこいつのためにもならないって」

もっともらしい説をぶった久家が、片眉を持ち上げた。

「この二ヶ月、どこにも行かずに我慢したんだぜ？」

それを言われると痛い。

確かにユージを飼い出してからというもの、長時間家を空けることはできなくなった。

ふたりで旅行に行ったのも、昨年暮れのパリが最後だ。

久家はユージが来るまで、「新居が落ち着いたらあちこち旅行にも行こうな」と言っていたから、その希望が叶わない状況に不満を持って当然だ。もともと久家は、インドア派のぼくとは違って行動的なタイプなので、行動が制限される日常に対するストレスも、ぼくより強く感じているに違いない。

胸の中では納得しつつも、一応口で抵抗を試みる。

「おまえ……先月パリに行ったじゃないか」

「あれは仕事だろ」

案の定、すぐにむっとした顔で反撃された。

「俺はあんたとどっかに行きたいの！」

苛立《いらだ》った声を出して上体を起こし、ぼくのほうに身を乗り出してくる。

「なぁ……国内でもいいからさ。国内なら、なにかトラブルがあってもすぐに戻れるし」

おねだりモードになってきた久家を一瞥したぼくは、次に彼の腹の上で耳をピルピルさせているユージを見た。

どうやら自分が話題になっていることを感じ取っているらしく、ユージが久家の顔とぼくの顔を交互に見る。

「ユージ、お留守番できるか？」

ぼくの問いかけに、しばらく小首を傾げていたが、ぼくできるよ！　と言いたげに「ニャアン」と鳴いた。

「よーし、いい子だ。さっすが俺のユー坊！」

久家がユージを抱き上げて頬ずりをする。『パパ』が大好きなユージも、ゴロゴロと喉を鳴らした。

「………」

この案件に関しては、のらりくらりと結論を先延ばしにしてきたが、さすがにいい加減タイムリミット。もし本当に旅行に行くのなら、会社に夏休みの申請をしなくちゃいけないし、宿と交通手段も押さえなければならない。

そして実のところ、子離れできていないのはぼくのほうで、人なつっこいユージは案外預けられても平気なのかも……という予感もあった。

「わかった」

嘆息混じりに承諾すると、久家の顔がぱぁっと輝く。

「やった！」

「ただし、国内で最大二泊。それ以上は無理だ」

ぼくが出した条件にも、「オッケー、オッケー」と機嫌よく応じた。

「もうちょっと長く行きたいけど、まぁ手始めとしてはそんなもんだよね」

鷹揚《おうよう》なところを見せた久家が、ユージの鼻先にチュッとキスをする。

「いい子で留守番できたら、新しいキャットタワー買ってやるからな」

「ミーッ」

ユージが元気よく返事をした。


というような経緯を経て、夏休みの旅行が決まった。行き先は、ふたりで協議した結果、北海道になった。

この行き先については、実は一悶着《ひともんちゃく》あった。

北海道はぼくの出身地だ。いまも両親が札幌に住んでいる。

ぼく自身は大学進学を機に東京に出てきて、その後、住まいは何度か変わったがずっと東京暮らしだ。その間実家には、年一から年二ペースで帰省してきた。

しかし久家は一度も北海道の地を踏んだことがないと言う。

「旅行っていうと海外が多かったせいもあるけど、なんとなく縁がなかったんだよね」

だから行ってみたい！　あんたのご両親にもあいさつしたいし。

そのリクエストにぼくはちょっと……いや、かなり動揺した。

もちろん、いきなり「恋人です」とカミングアウトすることはないにせよ、つき合っている相手を両親に会わせるのは初めてのことだ。うちの親が、久家を見て「もしかして」と勘ぐることは万が一にもないとわかっていても……。

（きっと平静でいられない……）

四人で顔を合わせるシーンを想像しただけで、心臓がドキドキする。そういう経験が過去に一度もないからなおのこと、その場で浮き足立っておかしな態度を取ってしまいそうで。

ぼくが乗り気でないのを察してか、久家が説得モードになった。

「あんたのご両親もさ、息子の同居人がどんなやつか、顔を見たら安心するだろ？」

そういえば、同居生活のはじめに、「必要だったら、俺、あいさつに行くよ？」と言っていた。

——いずれは一度、あいさつしたほうがいいんじゃないかと思うんだよね。こうして一緒に暮らして、家族になるわけだし。

あの時は、久家がさらりと口にした『家族』という単語に、胸が熱くなったっけ。ぼくの両親の気持ちを慮《おもんぱか》ってくれる久家のやさしさもうれしかった。

だが、いざその時が来るとなると、やっぱり動揺が激しい。自分が根っからの小心者だと痛感するのはこんな時だ。

「なんでヤなわけ？」

「嫌ってわけじゃ……」

「俺が本当のこと言っちゃうとか思ってんの？」

「…………」

答えないぼくに、久家があからさまに苛立った。

「俺だってTPOは弁《わきま》えてる。いずれはちゃんと話したいって思ってるけど、いまはまだその時期じゃないってのもわかってるよ」

「……うん」

それはわかってる。久家はぼくと違ってコミュニケーション能力が高いから、そつなく上手くやるとわかってる……けど。

「ただ……あんたの生まれ故郷に行って、あんたが生まれ育った家に上がって、ご両親に会いたいだけ」

どこか切ないような声音で掻き口説かれ、気持ちがぐらついていたところに、じっと目を見つめられての駄目押し。

「……あんたが困ることは絶対しないから。愛してるんだからそんなの当たり前だろ？　だから……な？」

「……う」

結局、説得されてしまった。いつものパターンと言えばパターンだ。

が、そうと決まれば腹をくくるしかない。ぼくだって、久家と一緒に生まれ故郷の地を踏めるのは、うれしくないわけじゃないのだ。

行き先が決まったので旅行計画を立てた。

飛行機で新千歳空港に飛び、札幌のぼくの実家へ。ここで一泊。

二日目は昼過ぎに実家を出て、札幌からJRで一時間ほどの距離にある温泉地へ移動。

ここで一泊し、翌日の午後三時の便で新千歳を発ち、夕方東京に戻る——の、計二泊。

二日目の温泉地泊は久家の希望だった。ネットでいろいろ調べていて、すごく評判のいい宿を見つけたらしく、「ここに泊まりたい！」と熱烈に要望されたのだ。ぼくも名前だけは知っていた。いい宿だという噂も聞いていたので、「取れるなら」と同意した。

そうは言ってもすごい人気だという話だし、いまから取るのは難しいんじゃないか（実際すでに満室だった）と思っていたが、そこは強運を引き寄せる男・久家有志。直前にキャンセルが出て、しっかり一部屋をキープした。

無事に仕事の調整もつき、久家と同じ日程で休みも取れた（雇い主であるボスは、ぼくたちの仲を知った上で容認してくれている。その恩義に報いるためにも、ぼくも久家も仕事できちんと結果を出さなければと思っている)。

エアも取れて、あとはユージの預かり手を探すだけだ。

ペットホテルという選択肢ははじめから除外していた。ユージをケージの中に長時間閉じ込めるのは心情的に忍びなかった。

なのでできれば気心が知れた誰かに預かってもらえたら――という希望を持っていたのだが、これがやや難航《なんこう》した。

というのも、うちの会社の夏休みはシフト制で、ぼくたちが休みを取る時期、同時に休みを取るメンバーが限られているからだ。出社組では日中の面倒がみられない。普段はユージも家で留守番ができているが、ぼくや久家が遠方におり、しかも他人の家――という状況で、ちゃんと留守番ができるかどうか。

(不安だ)

これはもうペットシッターを雇ったほうがよさそうだと思いかけていた時だった。意外な人物が名乗りをあげてきた。

「よかったら、僕が預かりますが」

その声に振り返ったぼくは、ブースの開放口に立つ浅倉《あさくら》に、思わず「えっ」と声を出してしまった。浅倉維《つなき》。八人目のエビリティ。

「猫の預かり手を探していると聞いたので。ちょうどその時期、僕も休みですから」

例によって無表情に淡々と告げる。

「……でも、いいのか？　せっかくの休みだし、どこかに出かけたり」

「特に予定はないので」

さくっと言い切る浅倉の漆黒の瞳を見つめていて、ふと、数ヶ月前の記憶が蘇《よみがえ》った。

ユージを保護したぼくに、浅倉が真剣な顔で念を押してきたのだ。

――野良猫、特に子猫に人間が餌をやると、野良として生きていけなくなります。どんなに哀れに思っても、最後まで面倒をみられないなら手を出さない。それが掟《おきて》です。その掟を破ってしまったのですから、最後まできちんと面倒をみてください。

当時の台詞《せりふ》が耳に還《かえ》るのと同時に、罪悪感が込み上げてくる。

「……旅行に行くために他人に預けるなんて飼い主失格だよな」

視線を落としてつぶやいたら、「別に」と返された。

「あなたが保護した子猫をとても大事に育てているのは知っていますし、そんなことは思いませんよ」

「浅倉……」

「それより、真面目に向かい合いすぎてストレスを溜め、突然育児放棄するほうが厄介です。飼い猫とのいい関係を長続きさせるためには、適度な息抜きが必要です」

久家と同じようなことを言う浅倉をまじまじと見つめた。

「そ、そうか」

「そうです」

うなずいた浅倉が、ブースの中に入ってくる。

「当日の朝、恵比寿駅東口の改札で待ち合わせしましょう。その場で預かります。旅行は二泊三日ですか？　では最終日、こちらに戻ってきたら携帯に連絡をください。引き渡し場所はその時に」

ひとりでさっさと段取りを決めて、携帯番号を記したメモをぼくに渡すなり、「じゃあ」と言って踵《きびす》を返した。

「あ、……ありがとう！」

あわてて背中に声をかけると、首を捻《ひね》ってちらっと視線を寄越《よこ》す。

「こちらこそ。子猫と過ごす夏休みをありがとうございます」

最後までにこりともせずに姿を消した。

ひとりになったブースの中で、しばらく呆然《ぼうぜん》とする。

（よかった……のか？）

急展開に思考が追いつかない。

自分から名乗り出たくらいだ。浅倉はきっと猫の扱いに慣れているんだろう。性格的にもパニクったりしなさそうだし、同僚の中だったら一番の適役かもしれない。

浅倉とはいろいろあったけれど、時間薬の効果もあり、いまは同僚としてほどほどの距離感を保ちつつ、上手くいっている。

「……うん……よかったんだよな」

ほどなくぼくは納得した声を出した。

浅倉にはシッター代として、なにか美味しい北海道土産を買ってこよう。


そうしてついに迎えた旅行当日。

朝いちで浅倉にユージを手渡し、その足で羽田《はねだ》空港に向かった。

羽田から約一時間半のフライトで新千歳《しんちとせ》空港へ。新千歳空港駅から快速エアポートに乗り、約四十分後、札幌駅に着いた。

タクシー乗り場へ向かっている間、隣を歩く久家を横目に見て、改めて感慨《かんがい》を噛み締める。

自分の生まれ故郷に久家がいる——それはなんだか少し不思議な感覚だった。

「やっぱこっちは涼しいねー」

駅前のタクシーポートで空車待ちをしながら、久家がつぶやく。その顔からは、見知らぬ土地への好奇心に沸き立つ心情が窺《うかが》えた。

「そうだな。空気がひんやりしてる」

「蒸し暑い東京から比べると天国だな」

東京はもう一週間近く三十度を越す真夏日が続いていたから、特にそう感じるんだろう。

タクシーの順番が来たので、それぞれの旅行バッグをトランクに積み込み、リアシートに乗り込む。ぼくが住所を告げて、タクシーが走り出した。

「ここから車で十五分ほどだ」

「了解」

東京よりは空いているが、それでもけっこう道が混んでいる。短い夏を満喫しようとしてか、人の往来も多い。観光客らしき数人単位のグループも目につく。

車窓越しに馴染みのある街並みを眺めつつも、ぼくの心は無意識に東京のユージに飛んでいた。

最後にキャリーバッグの中からぼくを見て、いってらっしゃいというように「ミャー」と鳴いた声がリフレインする。

(ちゃんと水を飲めているかな)

「益永さん」

「……ん？」

「ユージのこと考えてんだろ？」

びくんと肩が揺れた。横目で久家を見やり、非難の眼差《まなざ》しと視線がかち合う。

「物理的距離が離れてても、そうやって気持ちが囚《とら》われてたら一緒じゃん。ったく」

「……ごめん」

「この先、旅行中はユージのこと考えるの禁止な」

「えっ……」

動揺した声が漏れた。き、禁止？

「心配しなくても大丈夫だって。浅倉のやつ、俺らより全然猫の扱い慣れてるし」

「そうなのか」

「社会人になってからは忙しくて飼ってないけど、ガキの頃は通い猫がいて、大往生《だいおうじょう》で看取《みと》るまでずっと世話をしたって言ってた」

「へえ……」

初耳の情報に瞠目《どうもく》するぼくに、久家が肩をすくめ、ウェーブのかかった髪を掻き上げる。

「俺だって事前調査くらいするよ。話して納得いかなかったら預けねーし」

「そうか……そうだよな」

実は少し、久家のクールな態度が気になっていた。飛行機の中でも、まったくユージを気にかける素振りを見せなかったし。

でも……そうじゃなかったのだ。『家族』が大切で、気にかかるのは久家だって同じ。

「だからもう浅倉を信用して、俺たちは旅行を楽しむことに専念する。——いい？」

「わかった」

「よし」

ぼくは承諾の印にこくっと首を縦に振った。

唇の端を持ち上げた久家が、シートの上のぼくの手をキュッと握る。ぼくより少し体温の高い久家の手に包まれていると、気持ちが落ち着く。

それからしばらくは手を繋いだまま、ふたりとも無言で車の振動に身を任せた。

次第に周りの風景が見慣れたものになってくる。中学校時代の通学路、小学校時代の通学路を経て、住宅街に入った。

実家が近づくにつれ、トクントクンという心臓の音を意識する。

細い道の角を右、左と曲がったところで、ぼくは運転手さんに声をかけた。

「ここで大丈夫です」

タクシーが停まり、先に久家が降りてトランクから荷物を取り出す。その間にぼくは支払いを済ませて降りた。

(いよいよ……だ)

両親と恋人の対面ににわかに緊張していると、久家がぼくの隣に立つ。

立ち並ぶ戸建てをぐるりと見回して、「どれ?」と訊《き》いてきた。

「目の前」

緑の生け垣に囲まれた二階建てを指差す。生け垣からは、にょきっと大きなトチノキが伸びている。全長二十メートル近くあるこの木は、益永家のシンボルにもなっていた。

「『益永医院』って看板があるだろ?」

「あ、ほんとだ。お父さん、自宅で開業してるんだ?」

「ああ、同じ敷地内に診察所が併設されていて、母屋と渡り廊下で繋がっている」

「そっか。……これが益永さんの生まれ育った家か」

感慨深げな声を出した久家は、目を細めてぼくの生家に見入っている。つられてぼくも実家を眺め――ているうちに、脈拍がどんどん速くなってきた。

(……心臓の音、すごい)

腹を据《す》えたつもりだったが、やっぱり緊張する。

もし……対面の結果、両親と久家の相性が悪かったら？　気まずい関係になってしまったら？

こういう時、悪いほう悪いほうへと思考が転がっていくのは悪い癖だとわかっているけれど。

(もうなにも考えるな。ここまで来て今更キャンセルもできないんだから)

自分で自分を懸命に説き伏せていた時だった。

「やべ……俺、なんか緊張してきた」

横合いから聞こえてきた声に、ぴくっと反応し、くるっと首を捻る。

視線の先の久家の横顔は、ぼくよりさらに強ばっていた。

(こんな顔……初めて見た)

強心臓な恋人が緊張している姿なんて記憶にない。仕事でもプライベートでも、相手がどんな大物だろうが不遜な態度を変えない「超俺様」だ。

その、久家が。

滅多《めった》に見られない恋人の様子に動揺し、ますます脈拍が速まる。

(ど、どうしよう……どうしたら……)

心臓の高鳴りはもはやマックス、背筋までビリビリしてきた。

ふたりでフリーズして道端に立ち尽くしていると、頭上から「和実《かずみ》？」という声が降ってくる。

振り仰いだ先に、母のふっくら丸い顔を認めた。

「母さん！」

ぼくの声に久家が目視でわかるほど身を震わせる。

二階の物干し台から顔を覗《のぞ》かせた母が、不思議そうな声を落とした。

「どうしたの？　なんでそんなところで突っ立っているの？」


「遠いところまでようこそ。どうぞどうぞ、お入りください」

母が明るい声で久家を玄関に招き入れる。一方こちらは恐縮した面持ちで、久家が靴を脱ぎ、足を上げた。

「お邪魔します」

久家の後ろで靴を脱ぎながら、心の中で思わず突っ込む。

（敬語!?）

は、初めて聞いた……。

事務所のボスにすら、クライアントの谷地《やち》さんにすら「タメ口」な男だ。

知らない恋人を見るようで、なにやら新鮮な気分になる。

「こちらへどうぞ」

母の誘導に従い、久家が廊下を歩き出した。旅行バッグを片手に提げたその背中を追って、ぼくも勝手知ったる実家の廊下を進む。正月に帰ったので、さほどひさしぶりという感じもしないけれど、今日は普段の帰省にはない緊張感があった。

母が客間のドアを開け、久家を中に導き入れた。

十畳の洋間のレイアウトは、ぼくが子供の頃からほとんど変わらない。応接セットと壁一面の書架（文学好きの父の蔵書だ）。ローテーブルには、母が活《い》けた向日葵《ひまわり》の花が飾ってあった。

「どうぞ、お座りになって」

丸顔に満面の笑みを湛《たた》え、母がソファを勧める。

「ありがとうございます」

久家が神妙な顔つきでソファに腰を下ろし、ぼくも隣に並んで腰掛けた。

「移動で疲れたでしょ？　いま冷たいもの持ってくるわね」

母がそう言って下がる。パタンとドアが閉まるのを待って、ぼくと久家はほぼ同時に「ふーっ」と息を吐き出した。

「大丈夫か？」

同じくらい緊張していたが、一応ここは自分の領域《テリトリー》であるという自負から、ぼくは久家を気遣った。

「なんかすごく緊張してるようだけど」

「たぶん俺いま人生で一番緊張してる」

素直に認めた久家が、首許のストールの巻きを緩め、低い声を落とす。

「こんなんじゃ本番の時やべーな」

「本番?」

「『和実さんをください』って申し込む時」

「ええっ……!」

動揺のあまりに大声を出したら、「しっ」と指を一本立てられた。

「だから今日の話じゃないって。TPOは弁えてるって言っただろ」

「……脅かすなよ」

ほっと胸を撫で下ろす。ほんと心臓に悪い。

「益永さんのお母さんってさ、やさしそうな人だな」

気を取り直したように久家が言った。

「……そうだな。まぁ、やさしいと思う」

身内を誉《ほ》めるのは気恥ずかしかったが、そこは認める。道産子《どさんこ》の母はのんびりと大らかな性格で、昔から大きな声を出されたり、叱りつけられたりした記憶がない。体型もぽっちゃりで、顔も丸い。

日本を代表する大女優である久家のお母さんと比べるまでもなく、ごくごく平凡、どこにでもいる普通の専業主婦だ。

「顔とかあんまり似てないけど……益永さんってお父さん似なの？」

「いや、どっちにも似てないな。強《し》いて言えば母方の祖母似かもしれない。兄は父に似ているんだが」

「そういやお兄さんいるんだっけ？」

「ああ、兄はやはり医者をやっていて……」

そこでドアが開き、母が麦茶とお茶請けの菓子をトレイに載せて戻ってきた。

ぼくと久家の前に麦茶のグラスと菓子の皿をそれぞれ置き、自分はトレイを持って久家の正面のスツールに腰を下ろす。

「よかったらお菓子も食べてみて。バターサンド、美味しいから」

「いただきます」

久家が麦茶に手を伸ばす。ぼくもグラスを持ち上げて母に訊いた。

「父さんは診療中？」

「診療中。でも六時には終わるから、夕食は一緒に食べられるはずよ」

そう答えた母が、久家のほうを見て「久家さん」と呼ぶ。口を付けたグラスをローテーブルに戻した久家が、呼びかけにしゃきーんと背筋を伸ばした。両手を太股に置き、畏《かしこ》まった表情で「はい」と応じる。

「和実から話は聞いていて、お会いできるのを楽しみにしていたの。こんなにイケメンだとは知らなかったから驚いたけど、ごあいさつできてうれしいわ。和実がいつもお世話になっています」

「こちらこそお世話になっています」

「会社も同じで、さらに一緒に暮らすなんて、本当に仲がいいのねぇ」

母がにこにこと笑う。

「はい！　それはもう、仲がいいなんてもんじゃないです」

なぜか自慢げな久家の横で、ぼくは急激な喉の渇きを感じ、麦茶をごくごくと飲んだ。

「和実は神経質で難しい子で、子供の頃から友達が多いほうじゃなかったから、お友達と同居するって聞いた時はお父さんと驚いて、大丈夫なのかしらって心配もしたけど……おかげ様で仲良くしていただいているみたいで、こんなふうに旅行まで」

しみじみとした母の語り口調に複雑な気分になる。友達のひとりも家に連れてくることのなかった息子を、口には出さないまでもきっと案じていたんだろう。

「和実は会社やおうちで迷惑かけてない？」

「全然！」

大きな声を出してからコホッと咳払いをして、久家が「全然です」と言い直す。

「まったく問題ありません。完璧です」

「そう？　誰に似たのか、子供の頃からひとりで絵ばかり描いてる子で……」

「ますな……じゃなくて和実さんはものすごくデザインの才能があるんです。会社でもそうですが、クライアントにも一目置かれていて、俺も入社した時から憧《あこが》れてました。っていうか、学生時代から有名で、益永和実の名前を知らないやつはモグリっていうか」

背中がこそばゆくなったぼくは「久家！」と止めたが、「ほんとのことじゃん」と言い返される。

「あんたの仕事は会社のみんなが認めてる。あんたが造るものは『本物』だし、あんたの代わりはいないってボスも認めて」

「わ、わかったから。もういいから！」

顔が熱くなるのを意識して、久家の腕を引っ張った。

（久家のやつ、緊張が解けたのか、だんだん地が出てきている……）

若干引き気味のぼくとは対照的に、母が身を乗り出してきた。

「そうなのね。私たちには仕事のことはよくわからないし、東京は遠いし、この子は自分じゃなんにも言わないから」

目をキラキラと輝かせているその顔が、いままであまり見たことがない表情で、ちょっと驚いた。

うれしそう？　……というか、誇らしげ？

「性格的に自分で言うタイプじゃないですけど、マジですごいんですよ。お母さん、自慢に思っていいです」

「ふふ……そう……ならよかったわぁ」

すっかりご機嫌の母と、自分の主張が認められてご満悦な久家の間で、ぼくひとりが落ち着かない気分で尻をもぞもぞさせていた。

午後の診療が終わり、白衣を脱いだ父が母屋《おもや》に戻ってきた。

白いものが混じった頭髪に老眼鏡、ひょろっと痩《や》せ形の父を見て、だいぶリラックスしていた久家がふたたび背筋を伸ばす。

「お父さん、はじめまして。久家です」

「どうも、はじめまして。和実の父です。せがれが世話になってます。――きみが久家くんか……」

レンズの奥から、父が久家の顔をじっと見つめた。久家の顔が傍《はた》から見てもわかりやすく緊張し、ぼくも少しドキドキする。百万が一にも、気がつかれる可能性はないとわかっていても……。

「もう、お父さん、久家さんが困ってるじゃない。ごめんなさいね、この人の癖なのよ。人の顔をじっと見るの」

母が笑って取りなす。

「ああ、すまんすまん。医者の悪い癖でね」

「ほら、座ってください。始めますよ」

父と久家が食卓に向かい合わせに座った。ぼくも久家の隣の椅子に腰を下ろす。

ダイニングテーブルの上には、北海道ならではの料理の数々が並んでいた。

雲丹《うに》と水蛸《みずだこ》の刺身、北海道産のジャガイモを使ったポテトサラダ、北海蝦《えび》のフライ、ホッキ貝のバターソテー、焼きトウモロコシ、スモークサーモンのケッパー載せ――毛ガニもあった。

(ずいぶん張り切ったな)

ぼくがひとりで帰った時は、ここまで豪華じゃない。せっかく東京から来た客人に、美味しい地のものを食べさせたいというもてなしの気持ちを感じた。久家が北海道は初めてであることを伝えてあったせいもあるかもしれない。

「……すげー美味《うま》そう」

グルメな久家がごくっと喉を鳴らした。

「まずはビールでいいかしら？　美味しい日本酒もあるからリクエストしてね」

母が久家のグラスにビールを注ぐ。

「あ、すみません。じゃあ俺も……お父さん、注ぎます」

「おお、ありがとう」

「お母さんのグラス、これですか？」

「あら、ありがとう」

甲斐甲斐《かいがい》しくお酌《しゃく》する久家という、めずらしい図をぼんやり眺めていたら、「ほら、益永さんもグラス」とせっつかれた。あわてて自分のグラスを久家の前に押し出す。

全員のグラスにビールが注がれ、各自グラスを手に持った。

「お父さん、乾杯の音頭取ってちょうだい」

母に頼まれた父が、まずは久家に視線を向ける。

「久家くん、我が家に立ち寄ってくれてありがとう。和実の側《そば》に心強い友人がいてくれることに、親として感謝しています」

久家の頬がさっと紅潮した。

「俺こそ……和実さんがいて……助かっています。本当に」

眼鏡の奥の目を細めた父が、今度はぼくを見る。

「和実も元気にやっているようでよかった。おまえは根《こん》を詰めるタイプだから、そこだけは気をつけてがんばりなさい」

「はい」

「では、乾杯」

父の音頭に合わせ、残りの三人が「乾杯」を唱和《しょうわ》した。各々喉が潤ったのを見計らって母が促す。

「さぁ、どうぞ食べて。ごはんが必要な人は言ってくださいな。三平汁《さんぺいじる》もあるからね」

しばらくは、目の前のご馳走の山を制覇することに、ぼくも久家も集中した。そうしないと食べ切れない量だ。

「どう？」

母の伺いに久家が「美味いっす」と答える。

「この雲丹とかヤバイですね。これってホッキ貝？　初めて食べたけどなにこれ……美味すぎ」

アルコールもほどよく入って、美味しいものを食べて緊張も解れたんだろう。久家は普段の調子を取り戻し、よく食べ、よく呑み、よくしゃべった。

ぼくも兄もそんなに話すほうじゃないから、両親ともに、そんな久家を相手に楽しそうだ。

「きみのご両親のお仕事は？」

会話の流れから父が繰り出した質問に、ぼくは思わず久家の顔を見た。

そのあたりは、久家的に触れて欲しくないポイントだったからだ。

（言いたくなかったら適当に流していいぞ）

視線で伝える。だが久家は、ちゃんとぼくの意を汲《く》んだ上で、（大丈夫だよ）というふうにうなずいてみせた。

「オヤジは映画監督です」

「……ほう」

父が軽く目を見開く。

「久家有一郎《ゆういちろう》。ご存じですか？」

「そりゃ……もちろん。久家有一郎を知らない日本人はいないだろう」

母もびっくりしたように目を瞠《みは》っている。

「え？　ってことは久家さんのお母さんって」

「はい、久遠真梨子《くおんまりこ》です」

父と母が顔を見合わせた。

「双子の妹は久遠奈々《なな》です」

「まぁ……そうなの」

「驚いたな」

ぼくも驚いた。久家が家族のことを、自分から話すことは滅多にないからだ。

特殊な家庭環境に生まれ、幼少期から好奇の目に晒《さら》され続けてきた久家なりの防御策として、よほど心を許した相手でないとプライベートは打ち明けない。

（……なのに）

会って間もない両親には話してくれた。

それはたぶん、ぼくの親だから。話しても大丈夫だと信頼してくれたんだと思う。

自ら胸襟《きょうきん》を開き、有《あ》りの侭《まま》の自分を知ってもらおうとしている久家の心情が伝わってきて、胸がジンと熱くなった。

両親にもそれは伝わったようだ。父も母も、この件については、それ以上追及することはなかった。

自然と話題が移り変わり、いつしか酒もビールから日本酒に変わり——楽しい夕食は夜が更けるまで長く続いた。

散々食べ尽くし、飲み尽くした晩餐《ばんさん》がお開きになったあと、ぼくと久家は順番に風呂に入った。その間に母が、二階にあるぼくの部屋に客用布団を敷いてくれた。

「ここが益永さんの部屋かぁ」

いま久家は、ぼくのベッドの横に敷かれたその布団に、Tシャツとスウェットで胡座《あぐら》を掻いている。ぼくはパジャマでベッドの上だ。

顔を仰向けた久家が、クンクンと鼻を蠢《うごめ》かせ、匂いを嗅《か》ぐような素振りを見せる。

「なにやってるんだ？」

「益永さんの匂いがするかと思って……」

「……年に一、二度しか帰らないんだから、匂いなんかしないって」

ぼくはやや呆《あき》れた声を出した。

両親との対面というビッグイベントを果たし、もうすっかりいつもの久家だ。ぼくも緊張が解け、心持ち脱力していた。

(それにしても)

高校卒業まで過ごした実家の自室に、いま久家がいる……という状況には、不思議な気分になる。学生時代は、ついぞこの部屋にクラスメイトが遊びに来ることはなかった。

「モリエールか。渋いね」

部屋を見回していた久家が、壁際に置かれたデッサン用の石膏像《せっこうぞう》を見て笑った。

「高校の美術部の先生に勧められたんだよ」

「美術部だったんだ?」

「いや……部活には入っていなかったんだが、美大受験を決めた時に相談したんだ」

「懐《なつ》いよな。俺も受験前は毎日石膏デッサン描いてたな。鉛筆はいいんだけど、木炭が苦手でさ。手が汚れるし」

両手を天井に向かって伸ばし、手のひらを蛍光灯に翳《かざ》していた久家が、そのままバタンと後ろに倒れる。

「はー……今日一日で夢がたくさん叶った。腹もいっぱいだけど、胸もいっぱい」

感じ入ったような声を出す男に、ベッドの上から「夢?」と訊いた。

「益永さんの生まれ故郷に来て、ご両親と会って、益永さんが高校まで過ごした部屋を見る。……いっぺんに夢が叶った」

「……そんなこと」

久家がむくっと起き上がった。ぼくのほうを真剣な表情で見る。

「あんたにとっては『そんなこと』かもしんないけど、俺にとっては長年の『夢』だったの」

「………」

真顔で訴えられて、なんて言い返せばいいのかわからなくなった。

久家は、ぼくに関するどんな些細なことにも、いちいち特別な想いを抱いてくれる。

それだけ自分を大切に想ってくれているのだと実感するたび、新鮮な驚きに胸を衝《つ》かれる。胸の奥がビリビリと痺れる。痺れたあとで、そこがゆっくりとぬくもる。

「……ありがとう」

「益永さん？」

「うちに寄って、両親に会ってくれてありがとう」

鳶色の瞳を見つめて告げると、その目がじわじわと細まった。立ち上がった久家がベッドに乗り上げてきて、壁に寄りかかっているぼくの唇に唇を押しつける。ちゅっと軽く啄《ついば》んで離し、こつんと額に額をぶつけてくる。

「礼を言うのは俺のほうだよ。夢を叶えてくれてありがとう」

久家の両手がぼくの頬を包み込み、顔を持ち上げるようにしてもう一度唇を啄む。押しつけられた熱い唇から熱が伝播《でんぱ》し、ぼくの体温もじわりと上昇した。

「久家……まずいって」

階下には両親がいて、まだ起きている。

このまま身を任せてしまいたい衝動と闘った末に、ぼくはなけなしの理性を総動員して恋人の胸を押しやった。

「わかってるって」

至近の久家が甘く微笑む。耳に顔を寄せて耳朶《じだ》を食《は》み、濡れたハスキーボイスで囁いた。

「そっちは明日、温泉でたっぷりな」

2

翌朝、ぼくと久家は温泉に向かうために実家をあとにした。

「いろいろお世話になりました。泊めていただいてありがとうございました」

外門まで見送りに出てきた父と母に、久家が礼儀正しく礼を述べる。

「久家さん、また遊びに来てね。今度はぜひ冬に雪を見に来て。冬場は冬場で美味しいものがたくさんあるから」

「はい、また来ます」

母の言葉にうれしそうにうなずいた久家が、改まった口調で言う。

「お母さんもお父さんも、東京に来る際は遠慮なく、うちに泊まってください」

横で聞いていたぼくはぎょっとして久家を見たが、その表情は真剣だった。

……どうやら社交辞令ではなく本気のようだ。

「ありがとう。うれしいわ」

母もまんざらでもなさそうで、その顔を見たらなにも言えなくなる。

恵比寿の家に両親が泊まりに来るなんて、想像しただけで心臓が駆け出しそうだけど。

とはいえやりとりを見る限り、久家とぼくの両親の「初顔合わせ」は大成功だったと言えそうで、その点はほっとした。

「和実、次はお正月かしらね？」

母が久家からぼくに視線を移す。

「ああ、そのつもり」

「それまで元気で。体に気をつけて過ごしてちょうだい」

「母さんも父さんも健康に気をつけて。医者の不養生って言葉もあるから」

「まぁまだ当分は大丈夫だ。母さんにはもうちょっと痩せてもらわないといけないが」

父のツッコミに母がぺろっと舌を出し、「食べ物が美味しい土地柄がいけないのよ」と笑った。

「今日は温泉にのんびり浸かって、仕事の疲れを癒やしてきてね」

「気をつけていってきなさい」

父の締めの言葉に送られて、ぼくたちは呼んであったタクシーに乗り込んだ。走り出したタクシーの後部シートから振り返ると、家の前に立った両親が手を振っている。

久家と一緒に手を振り返した。角を曲がってその姿が見えなくなったので正面を向く。

「……お疲れ様」

隣の久家に労《ねぎら》いの言葉をかけると、「全然。疲れてないし」と答えが返った。

「そうか？」

「……ってまぁ、全然てのは嘘だな。やっぱ緊張したから……」

すぐに正直に否定する。

「でも念願叶ってうれしかった」

満足げにつぶやく久家に、ぼくもつぶやき返した。

「……そうだな。うちの親も楽しそうだったし……やっぱり来てよかったよ」

（めちゃくちゃドキドキしたけどな……）

「本当？」

久家がぼくの顔を覗き込んでくる。

「本当だって。……おまえと帰省できてよかった」

運転手の存在を意識して小声で囁いた。久家も運転手の耳を気にしてか、それ以上はなにも言わなかったけれど、その代わりにシートの上のぼくの手を握ってくる。

あたたかいその手と、大きな任務《タスク》を無事完了した心地よい達成感に包まれ、ぼくはタクシーの振動に身を委《ゆだ》ねた。


久家がネットで予約した温泉は、ＪＲ札幌駅から電車で一時間ほどの場所にあった。ぼくも初めて訪れる温泉地だ。子供の頃、家族でスキーに行ったりはしたが、ぼくたちが子供だったせいか、わざわざ温泉地に泊まるようなことはなかった。

そして友達が少ないぼくは、学生時代も友達と温泉に行った経験がない。

（そう思うと……あれ？　もしかして温泉は初めてなのか？）

最寄り駅に着いた時点で、遅ればせながらそのことに思い当たる。

「そうか……そうかもしれない」

ひとりごちるぼくの横で、久家がスマホを取り出し、宿に連絡を入れた。駅に着いたら連絡をくださいと言われていたのだ。

「すぐ迎えに来るってさ。そこのベンチで待ってようぜ」

スマホを麻のジャケットのポケットに仕舞った久家に促され、駅前のベンチに腰を下ろした。

温泉地である以外はとりたてて観光名所もない小さな駅で、そのせいか全体的にどこかのんびり、まったりとした空気が流れている。

駅前ロータリーの真ん中には円形の花壇が作られ、花壇のセンターには場にそぐわない現代美術風のオブジェが建っていた。左手に商店街の入り口が見えるが、歩いているのは比較的高齢者が多い。湯治《とうじ》に来ている人たちかもしれない。駅前なのに人の往来がさほど多くないのは、北海道民が圧倒的に車で移動するからだろう。

おそらく、道内からこの温泉地を訪れる人の九割が車に違いない。

「まったりしてんなー」

久家がつぶやいた。ぼくと同じ感想を抱いたらしい。

「温泉地ってなんでかどこも似てるんだよな。どことなく『昭和』な感じで」

「そうなのか。俺は初めて来たから」

「え？　益永さん、温泉初めて？」

久家がびっくりしたようにぼくを見た。

「うん……さっき気がついたが、どうもそうらしい」

「へー、そうなんだ。へー……」

やたら「へー」を繰り返していた久家が、不意に顔をにやつかせた。

「これでまたひとつ、あんたの『初めて』ゲットだな」

「また、それか」

久家はなんでか、ぼくの『初めて』にこだわる。

二十七歳まで誰ともつき合った経験がなかったぼくにとって、久家は初めての恋人だ。

一般的な友人づき合いすらほとんどしてこなかったので、久家と一緒に過ごす日々は、ほぼ『初めて』で埋め尽くされているのだが、どうやらそれが久家にはうれしいらしいのだ。

ポイントを貯めるがごとく、『初めて』ゲットに勤《いそ》しむ。

——あんたの『初めて』は、全部俺がもらうことにしたから。

つき合い始めの頃の、久家の宣言を脳裏に思い返していたら、

「あ！　来た来た！」

テンション高めの声を発して久家がベンチから立ち上がった。見ればロータリーに白いバンが横付けされている。バンのサイドボディには宿の名前が見えた。

ぼくたちがそれぞれ旅行バッグを携《たずさ》えてバンに近づくと、運転席から藍染めの作務衣《さむえ》を着た男

性が降りてきて、「久家様でしょうか？」と確認してくる。

「そうです」

「お待たせいたしました。どうぞお乗りください。お荷物は後ろにお積みしましょうか？」

「そんなに大きくないので大丈夫です」

申し出を断って、後部座席に乗り込んだ。

「宿までは十分ほどですので」

運転席の男性の言葉に「はい」と応じる。

ロータリーを出て二車線の道を走り出したバンが、ほどなく道を逸《そ》れ、緩やかな坂道を蛇行しながら上り始めた。斜面を上がるにつれてだんだんと緑が濃くなっていく。

送迎の男性が言ったとおり、宿までは十分ほどのドライブだった。

黒塗りの立派な外門をくぐり、竹藪《たけやぶ》に囲まれた細い道を少し走って車寄せにバンが停まる。途中見えた駐車場には車がみっしり並んでいた。やはりマイカーで来る客が多いようだ。

「到着いたしました」

男性に言われて窓から覗くと、黒い屋根と白い壁のコントラストがくっきりシャープな建物が見える。温泉宿と聞いて、想像していたイメージとずいぶん違った。

（……予想外……）

バンの到着を待ち構えていたかのように、建物の中から揃いの作務衣姿の男性スタッフが二名出てきて、バンのスライドドアを開けてくれる。

「お荷物はお部屋までお運びいたします。どうぞこちらへ」

促され、石畳のアプローチを歩き、建物のエントランスに辿り着いた。ガラスの自動扉が音もなく左右に開く。

ロビーの中も白い壁と黒い石の床で統一され、まるでギャラリーのようだ。

受付を済ませたあと、ぼくらのバッグを両手に提げた男性のスタッフに誘導される。

「お部屋までご案内いたします」

ロビーを突っ切り、さっきとは別のガラスの自動ドアを抜け、白い玉砂利《たまじゃり》が敷かれた中庭に出た。和風庭園を横目に、黒い柱が立ち並ぶ屋根付きの外廊下を進む。何度か角を曲がり、階段も二度ほど上ったり下りたりした。

(っていうか……どれだけ広いんだ？)

人気のある宿だという噂は耳にしていたが、久家が決めた宿だったし、詳しくは聞いていなかったので驚く。

どうやら、広大な敷地の中にコテージのように部屋が点在しているようだ。

「芸能人とかスポーツ選手もお忍びで来るらしいぜ」

久家の耳打ちに、「……へぇ」と相槌《あいづち》を打った。

おそらく他の客と顔を合わさず、プライベート空間のように過ごせるところが人気なんだろう。こんな隠れ家風の宿に男ふたりで泊まるなんて、「ワケアリ」と思われただろうか。

(実際そうなんだけど……)

だが、もし仮にそう勘ぐられたとしても、宿側は態度に出さないし、久家もまったく悪びれることなく堂々としている。実は「温泉に行きたい」と提案された際に、その懸念《けねん》を口にしたのだが、久家に一笑に付された。

「向こうだって客商売だし、客が実のところどんな関係だろうが、サービス内容には関係ないじゃん。それが仕事なんだから、プロとしてゲストをもてなすだけだろ？」

確かにそうだ。

なのでぼくも、その点に関しては気にしないと決めた。無用な気を回して、温泉を楽しめなくなるのはばかばかしい。

「こちらが大浴場になります。夜は十二時まで、朝は六時から使用できますのでご自由にお使いください」

先を歩いていたスタッフが廊下の途中で足を止め、下へ続く階段を指し示す。この階段を下りたところに大浴場があるらしい。

「あとで入りに来ようぜ」

久家に言われて「うん」と答えた。大浴場なんて、中学・高校の修学旅行以来だ。銭湯やスパは苦手で行ったことがない。せっかくの機会だからチャレンジしたいと思った。

さらに二十メートルほど歩いて漸《よう》く目指す部屋に到着。エントランスロビーのある建物から一番離れた部屋だったようだ。

スタッフが鍵を差し込んで回し、ドアを開ける。普通の家の玄関のような板張りの空間があり、花が活けてあった。久家が先に靴を脱ぎ、板間に足を上げる。ぼくもあとに続く。

最後に上がってきたスタッフが、部屋を案内してくれた。

主室と寝室の二間から成る部屋は、和と洋がミックスしたようなインテリア。畳はなく、すべて板敷きだ。外観や外装と同じく、室内も洗練された雰囲気を持っている。

主室には備え付けの白木のテーブルが据えられ、掘りごたつのように足を下ろせるようになっていた。寝室にはベッドがふたつ置かれている。

温泉宿でベッド？　と驚いたが、久家いわく最近流行のスタイルだそうだ。

その他に鏡付きの洗面台が設《しつら》えられた脱衣スペースがあり、ここからガラス張りのシャワーブースを経て、外に出られるようになっている。

外と言っても、木の柵に目隠しされていて屋根もあるから、外部から覗かれることはない。床はウッドデッキになっており、デッキチェアが二個置かれていた。

ウッドデッキの一番隅の壁際には、檜《ひのき》で造られた風呂が設置してある。

そう——この宿は全室露天風呂付きなのだ。

「こちら、源泉掛け流しの温泉になっております」

「わ……」

透明な湯をなみなみと湛える檜風呂を見て、思わず声が出た。言うまでもないが、ぼくは露天風呂付きの部屋も初めてだ。

「いい感じだな」

久家も自分の宿のチョイスが当たりだったと満足そうだ。

部屋はおしゃれで綺麗だし、部屋と部屋が離れているから、隣の騒音が聞こえるような心配もない。逆にこちらも気兼ねせずに済む。人気があるのもわかる気がした。

温泉の温度調節の仕方や備え付けの備品に関して、ひととおりの説明を終えた男性が、「このあとのご夕食ですが」と切り出してくる。

「六時に鉄板焼きのコースで承《うけたまわ》っておりますが、よろしいでしょうか？」

「はい、それで大丈夫です」

久家が答えた。

食事は鉄板焼きなので、さっき受付をした建物のレストランで取ることになる。朝食は部屋に運んでもらうことにした。

「お食事については承りました。他になにか御用向きがございましたら、備え付けの電話にてご用命ください。ではご夕食までごゆっくりとおくつろぎくださいませ。失礼いたします」

一礼した男性スタッフが立ち去り、ぼくらは荷物を解いた。衣類を寝室のクローゼットにセットする。

「さて、夕食までどうする？」

温泉に来たからにはメインは温泉だ。そう思ったぼくは提案した。

「この時間なら空いてそうだし、大浴場に行くか？」

だが、さっきは大浴場の前で「あとで入りに来ようぜ」と言っていた久家が、「うーん」となぜか乗り気じゃない。

「どうした？」

「いや……本当に行く？」

確認されて、ぼくは久家の反応に戸惑いつつ答えた。

「せっかく来たんだし、大浴場はまた趣《おもむき》が違うだろうから」

「……だよな」

浮かない顔のまま、久家が「まぁ……いまの時間なら空いてるか」とひとりごちる。

「じゃあ、浴衣《ゆかた》を持っていこうぜ」

案内してくれた男性に、館内はどこでも浴衣で歩いてOKと説明を受けていた。そのあたりはやはりホテルと違う。温泉宿ならではだ。

真新しい浴衣を手に、靴下を脱いで草履《ぞうり》を履いたぼくらは大浴場へ向かった。

大浴場は入り口で女湯と男湯に分かれていたので、男湯ののれんをくぐって中に入る。

靴脱ぎスペースに草履はなく、ぼくたち以外に誰もいないようだ。

ちょっとほっとした。久家にはああ言ったが、見ず知らずの誰かと一緒に風呂に入ることに若干の苦手意識は拭えなかったからだ。でもいい年をして、そんな思春期の少女みたいなことは言いづらい。

脱衣場はかなり広くて、ロッカーや洗面台、くつろぐための椅子が置かれている。マッサージチェアもあった。すごく綺麗で清潔で、そのことにも安堵《あんど》する。

「……誰もいないな」

脱衣場をぐるりと見回して、久家がつぶやいた。

「よっし」

いきなりテンション高めの声を出し、服を脱ぎ始める。なんの躊躇《ちゅうちょ》もなく全裸になった久家に、ぼくは「もうちょっとかかるから、先に行っててくれ」と声をかけた。

「わかった。じゃあ先に入ってる」

備え付けのタオルを掴んで、久家が歩き出す。そのほどよく筋肉質で均整の取れた後ろ姿を目の端で見送り、残りの服を脱いだ。眼鏡はどうしようと一瞬迷い、外してロッカーに入れる。裸眼でもまったく見えないというわけではないし、久家もいるから大丈夫だろう。

裸になったぼくは、タオルで股間を隠した。

自分たち以外に誰もいないとわかっていても、久家みたいに堂々と全裸になることはできない。

風呂場に向かう途中、全身が映る大きな鏡の前を通り、ちらっと横目で自分を見た。

なまっちろくて貧弱な体。男としての魅力の欠片《かけら》もない肉体。

服を着ている時は忘れていられるけれど、こうして裸になれば隠しようがない。

脳裏に、さっき見たばかりの久家の裸が浮かぶ。

こんなふうに明るい場所で目にすることはめずらしいから、思わずじっくり見てしまった。

筋肉が綺麗に乗った肩。肩甲骨《けんこうこつ》がくっきり浮き出た背中。きゅっと形よく盛り上がった大臀筋《だいでんきん》。すらりと長い手脚。——自分とはまるで正反対。

今更比べたって仕方ないけれど。

「………」

根深いコンプレックスから目を逸らして、ぼくは曇りガラスの引き戸をカラカラと開けた。

壁も床も石造りの広々とした空間には湯気が立ち込めている。

目が慣れてくると、全貌が見えてきた。入り口を背にした正面が一面ガラス張りになっており、木々と山の斜面で構成された風景が望めるようになっている。浴槽は檜造りで、大人が泳げるほどの大きさがあった。

(わぁ……)

浴槽の大きさと風景に圧倒される。

風呂の中に、後ろ向きの久家が浸かっているのが見えた。うちの浴槽もそこそこ広いほうだと思うが、それでも長身の久家には充分でないのかもしれない。いま浴槽に浸かっているその姿は、長い脚をのびのびと伸ばして、見るからに気持ちよさそうだ。

「あ、来た来た」

ぼくに気がついた久家が振り向く。

「めっちゃ気持ちいいぜ。益永さんも早く入んなよ」

急《せ》かされたぼくは、洗い場に行き、湯桶《ゆおけ》で体にお湯を掛けた。置いてあったボディソープで体を洗い、次に髪を洗う。シャワーで全身の泡を流し終わったあと、絞ったタオルを持って湯船に向かった。風呂の縁からそっと足を入れる。

「熱いっ」

叫んで足を引っ込めた。

「ははっ……猫みてぇ」

その様子を笑った久家が「大丈夫。すぐ慣れるって」と言った。

「がんばれ」

励まされてふたたびチャレンジする。縁を跨《また》いでお湯の中に入り、少しずつ体を沈めた。熱いけれど我慢できないほどじゃない。肩まで浸かった瞬間、口から「ふーっ」と吐息が零《こぼ》れた。

久家がぼくの横に寄ってきて、「どう?」と訊く。

「うん……気持ちいい」

広い空間に大きな風呂、目の前に広がる景色。

初めての経験だったが、解放感が半端なかった。少しの間、ぼーっと外の景色を眺める。聞こえるのは、蛇口から絶えずお湯が流れ落ちる音だけ。ちろちろと流れる水音に耳を傾け、力を抜いて大量の湯に身を委ねる。じわーっと芯から温もる感覚が心地いい。知らぬ間に職場や自宅のエアコンで体の芯が冷えていたのだと実感する。

お湯を片手ですくって匂いを嗅いでみたが、特に匂わなかった。温泉特有の硫黄《いおう》臭もない。

「お湯がさらさらしてるな」

「ここのはそうだね。でも効能はちゃんとあるらしいよ。末端冷え性に効いて、肌荒れにもいいってネットに書いてあった」

「ふぅん」

なんとなく女性は喜びそうだ。今度母に「よかったよ」と勧めてみよう。札幌から一時間だし。

「冬もいいけど夏の温泉もオツだよなぁ」

ぼくの隣で外の景色に目を向け、久家が感慨のこもった声を落とす。

「初めて入ったが……温泉はなかなか気持ちいいものだな」

ぼくの感想に、久家が「今度さ、冬も行こうよ」と誘ってきた。

「雪見露天もいいよ。めっちゃ寒いけど、その分お湯のあったかさがジンと染みて」

雪見露天——その幻想的な響きにそそられる。

久家とふたりで雪景色の中、温泉に浸かる画を想像した。うん、悪くない。

「……そうだな」

ぼくがうなずくと、久家が「やりっ！」と弾んだ声を出した。

「益永さん」

改まった声を出され、「ん？」と久家のほうを見る。鳶色の瞳がまっすぐぼくの目を見つめていた。

「あんたとここに来られてうれしい」

「……久家」

かわいいことを言う男に、ぼくは表情を緩める。億劫《おっくう》がらずに、言葉に出して伝えてくれることがうれしかった。

「……俺もだよ」

だから、ぼくもいまの気持ちを言葉にした。俺も、おまえと一緒にいられてうれしい。

久家の顔がじわじわと蕩《とろ》けた。満面の笑みを浮かべた次の瞬間、両手を広げ、ぼくをぎゅっと抱き寄せる。

「和実っ」

「こ、こらっ、悪ふざけはよせ」

拘束をふりほどこうとしたが、久家がいよいよ力を強めて果たせなかった。

「……いいじゃん。誰もいないし……ふたりきりなんだからいちゃいちゃしても」

耳許にそんなことを囁きながら、久家の舌がぺろっと首筋を舐める。

「……いい匂い。早速温泉の効果かな。いつもよりしっとりしてる」

「ばか、放せっ……もし誰か来たら……」

いまにも誰かが入ってきそうで気が気じゃなかった。カーッと体温が上がり、なのに背筋はひんやり冷たい。

「平気平気」

「平気じゃないっ」

つい出した大きな声が、予想以上に空間に響いて、あわてて口許を引き結んだ。その唇に久家の唇がぶつかってくる。

「む……ぅんっ」

（キ、キス⁉）

ぐいぐい押しつけられ、久家の暴走に焦《あせ》ったぼくは、拳《こぶし》でその胸をどんどん叩いた。

なにこんなところでサカッてんだ、ばか、ばか！

突っぱねて引き剝《は》がそうとしたが、力が強くて果たせない。そのうちに舌をねじ込んできた。

「……んっ……ン……んんっ」

口の中に侵入しようとする久家と、そうはさせじと攻防を繰り返している最中、ガラッとドアが開く音が響く。

「………っ」

久家とくっついた状態で飛び上がった。拘束が緩んだので振り返ると、中年の男性が入ってくるところだった。

……み、見られた？

フリーズして様子を窺ったが、湯気のおかげでどうやら見えなかったらしく、男性は洗い場に行ってしまった。

よ、よかった。

脱力しつつ、ぼくは久家から距離を取り、背中を向けた。心臓が、まだドキドキしている。

（……だから言ったのにっ）

なにがT.P.Oを弁えている、だ。偉そうに言ってたのに、全然じゃないか！

かわいいとか思ってソンした‼

背後の男を胸の中で罵《のの》り、ふつふつと滾《たぎ》る怒りに任せてタオルをぎゅうっと絞っていると、中年男性がお湯に入ってきた。とたん、久家がざばっと立ち上がる。

「出ようぜ」

「えっ……でもまだ入ったばっかり」

「いくらでも部屋の露天に入れるから」

抗議の言葉を遮り、ぼくの腕を引っ張った。引っ立てられるようにして湯から出る。久家がさっさと脱衣所に戻ってしまったので、ぼくも仕方なくあとを追った。

いきなりサカッたかと思えば……なんなんだ？

まだ憤《いきどお》りが収まらず、体を拭き拭き文句を言う。

「もう少し入っていたかったのに」

久家が速攻で「だめ」と却下した。

「あんたの裸を他の男に見られたくない」

「……はぁっ？」

裏返った声が出る。心なしか不機嫌な久家の横顔をまじまじと見つめた。

「おまえなに言って……」

「平気かと思ったけどやっぱ平気じゃなかった」

その台詞でふと思い至る。大浴場を躊躇していたのは……もしかしてそれが理由？

「男同士だろ？　異性なわけじゃないんだし、向こうはなんとも思ってな……」

「それでも嫌なものは嫌なんだよ！」

語気を強めてすぐ、しまったという顔つきをする。

気まずげなその顔を見つめ、ぼくは「……ばかじゃないのか」とつぶやいた。

「自分でもばかだってわかってるけど、どうにもならないんだよ」

自分で自分に苛立っているかのように、久家はそう低く言い放ち、ぷいっと向こうを向いてしまった。

「…………」

まったくもってわけがわからない。見当違いの嫉妬《しっと》と独占欲に呆れ果てる。

呆れ果てるのと同時に、じわじわと首許から上がってくる火照《ほて》りを意識した。

（この火照りは……温泉の効果だ）

そうに決まっている。嫉妬とか独占欲とか……そんなの別にうれしくない。

自分に言い聞かせながら、先程までの怒りがいつの間にか鎮火《ちんか》していることに気がつく。

（……なんだかな）

現金な自分に苦笑し、ぼくは浴衣を羽織った。

「久家、悪いけど手伝ってくれるか」

帯を手に持って頼むと、久家が気を取り直した顔つきで、「いいよ」と請け負う。

腰の後ろで帯をきゅっと結び、「ほい、できた」と背中をポンと叩いた。

「ありがとう」

礼を言って反転し、目の前の久家を改めて見る。

やや浴衣のサイズが合っていないぼくと違って、久家の浴衣姿はすごく様になっていた。胸にも筋肉がちゃんとあって、腰の位置が高いからだろうか。スタイルがよければ、たとえ布一枚でも、格好よく着こなせるものなんだと感心する。

めずらしい浴衣姿の恋人にこっそり見惚れていたら、久家の「……いいね」というつぶやきが聞こえてきた。その声で、久家が自分を熱っぽく見つめていたことに気がつく。

「なにがだ？」

「あんたの浴衣姿。あんた、髪も瞳も黒いから、浴衣似合うよな」

おまえのほうがよっぽど、と思って言い返した。

「初めてじゃないだろ？　花火の時とか着たし」

「そうだけど、湯上がりに浴衣ってのが新鮮なんだよ。湯上がりの肌って特別だよな」

目を細めた久家が、ぼくの耳許に口を寄せる。

「しっとり潤いを含んでて、エロさ倍増」

「………っ」

「白い肌が色づいて……ほんのり桜色の首筋が超色っぽい」

掠れた声で囁き、さらに「食べちゃいたい」なんて吹き込まれ、耳が熱を持つ。

「益永さん、耳赤いよ？」

誰が赤くさせているんだよ？

ツッコミたかったけど、ドアが開いて別の男性客が入ってきたので言えなかった。

部屋に戻り、雑談しながらくつろいでいたら時間が来たので、浴衣に羽織りを重ねてレストランへ向かった。

個室に通され、鉄板を挟んで料理長と向き合う。

料理長と差し向かいでの食事にははじめはちょっと緊張したが、食前酒に呑んだシャンパンの酔いの効果もあり、徐々にリラックスしてくる。年配の料理長は話がとても上手で、食材についての蘊蓄《うんちく》も興味深かった。蘊蓄に食いついた久家がさらに質問して、場が盛り上がる。

新鮮な魚貝を使ったコース料理は、どれも美味しかった。特にメインのアワビは見たことがないくらいに大きい。目の前で焼いて切ってくれるので、できたてのアツアツを口に運んだ。やわらかくて、それでいて歯ごたえもあって味も絶品。

デザートまで完食し、地元の蔵の日本酒もいただいて、すっかりほろ酔い気分で部屋に戻る。

途中、外廊下で久家が手を繋いできた。少し酔っていたぼくは振り払わなかった。誰か来たら離せばいい。それにぼくも手を繋ぎたい気分だった。

「美味しかったね」

「うん。美味しかった」

久家の言葉に同意する。

「昨日の益永さんのお母さんの手料理とはまた違う美味しさだったな。鉄板焼きのコースがたまたまキャンセルが出て取れたんだけど、ラッキーだった」

「ああ、個室でびっくりしたけど」

「料理長の話も面白かったな」

結局、誰とも鉢合わせしないまま部屋に辿り着いた。

少し休んで酔いが収まった頃合いを見て、久家が「さて」と腰を上げる。

「腹ごなしも兼ねて部屋の露天に入るか」

「そうだな」

さっきは久家がサカッたり独占欲を発動したりで堪能できなかったが、ここなら誰の目も気にせずゆっくり浸かれる。

いそいそと脱衣所で浴衣を脱いだ。眼鏡を取り去り、久家のあとからシャワーブースを通って、外に出る。柵で覆われているとはいえ、全裸で外に出るのは不思議な気分だ。

すでに陽は沈んでおり、ちょっと涼しいくらいの気温。

天井からのスポットライトに照らされた檜風呂に、ひとりずつ順に入った。ぼくと久家の体積分のお湯がざばーっと溢れる。

風呂自体はそんなに大きくないので、成人男子二名が一緒に入るには若干窮屈《きゅうくつ》だった。なので自然と、久家の上に後ろ向きのぼくが乗っかる形になる。こうすればふたりとも脚を伸ばせた。

「……気持ちいー……」

両手を風呂の縁に載せた久家が、ため息混じりの声を出す。ぼくも同じ感想だった。

お湯の温度も熱すぎず、ぬるすぎず、ちょうどよくて……。

(……気持ちいい)

久家の肩に後頭部を預け、目を閉じる。

静かに流れ落ちる水音。風に触れ合う樹木の葉音。火照った頬に気持ちいい風。全身を包む適温の温泉。背中に感じる久家の肉体の硬さを含め、すべてが心地よかった。

澱《おり》のように積み重なった疲労が湯の中に流れ出ていく。

デスクワークで凝《こ》り固まっていた体がじわじわと緩んでいく。

どうやら自分で自覚していたより、疲れが溜まっていたようだ。

初めての露天風呂の心地よさに、全身でうっとり浸っていると、久家がぼくの額に唇を押しつけた。

ちゅ、ちゅ、と音を立てて唇が移動する。額からこめかみ、頬、顎、首筋……と下りてきて、耳朶をゆるく噛んだ。ぴくんっとお湯の中の体が震える。

それでもまだ、ぼくは目を開けなかった。

いま感じている心地よさを手放したくなくて……。

耳を唇で弄《いじ》りながら、久家の左手がぼくの前に回ってきて、手のひらで腹や脇腹を撫でた。ちょっとくすぐったかったけど、悪い気分ではなく、そのまま身を委ねる。手のひらが太股に移動して、やさしいタッチで撫で回した。手の動きに合わせてお湯がちゃぷんと揺れる。

やがて、太股を撫でているのとは別の手が、胸のあたりをまさぐり始めた。乳首の周囲をゆっくりと撫で回す。だんだん尻がむずむずしてきたが、太股の左手も胸の右手も、肝心の部分には触れないので「やめろ」とも言えない。ただのスキンシップと言い張られたらそれまでだ。

文句を言わないぼくに気をよくしたかのように、久家の手がさらにきわどい部分まで迫ってきた。アンダーヘアにさわさわと触れ、指で乳暈《にゅううん》をぐるりと縁取る。

悪辣《あくらつ》な手の動きにぴくっと身を震わせ、ぼくは薄目を開けた。

(どういうつもりだ?)

首を捻って久家の顔を見ようとした瞬間だった。するっと左手が股間に滑り落ちる。

「………っ」

まだやわらかい欲望に、久家の指が絡みついた。ぼくが身じろいだ衝撃で、ちゃぷっとお湯が溢《あふ》れる。

「……おいっ」

抗議の声にも、久家は手を離さない。それどころか、右手で乳首をきゅっと摘《つま》んできた。

「あっ……」

不意打ちに喉から声が押し出される。

「やめ……ろっ」

お湯の中で抗《あらが》ったが、久家にがっちりホールドされていて抗い切れなかった。その間にも不埒《ふらち》な手がペニスを扱《しご》き上げ、乳首を摘み上げたり、押しつぶしたりする。

「や……ぁ……っ」

「だめだめ。あんまり暴れるとお湯が全部零《こぼ》れちゃうだろ？」

耳許の声に、「おまえがっ」と叫び返した。

「変なことするからだろ！　せっかくリラックスしてたのにっ」

「あのね。こんなふうに裸で密着してて、手ぇ出すなってほうが無理。油断してたあんたが悪い」

支離滅裂《しりめつれつ》な難癖をつけられ、ますます頭に血が上った。

「放せっ……はな……アッ」

ペニスの先端の切れ込みを親指で刺激されて、背中がびくんっと反り返る。くちくちと孔《あな》を弄られ、四本の指でやわやわと軸を揉まれて、下腹部《ふく》に血液が集まってきた。一方で、久家は乳首を弄る手も休めない。間断なく愛撫された乳頭が膨らんでいく。

凝《しこ》った乳首を少し痛いくらいにきつく引っ張られると、ピリピリッとした刺激が背筋を走る。連動して、久家の手の中の欲望が反り返った。

「効果覿面《てきめん》だね。あんたの弱いとこ、俺知り尽くしてるし」

自慢げな声に奥歯を噛み締める。

悔しいけれど、事実だから反論できない。久家に知り尽くされている自覚はある。

乳首だって、こんなふうに反応するようになったのは久家のせいだ。

久家に弄られ続けたせいで、すぐに硬くなって、胸の愛撫で下も反応するようになって……。

「……ぬるぬるしてきた」

それは自分でもわかった。勃起した先端から先走りが溢れてしまっている。そのぬめりを塗り広げるみたいに、久家が親指を動かした。

「気持ちいいの？」

「ひ、……あっ」

くちゅんと切れ込みを押し広げられるたびに、お湯が入ってきそうで腰が浮く。だけど、久家に押さえ込まれているので逃げられない。

「や……や……っ」

喉を反らして喘ぐぼくの尻の下で、気がつけば、久家の欲望も雄々しく存在を主張していた。硬く質量を増したものをぬるぬると尻の狭間《はざま》に擦りつけられ、全身がひくひくと震える。

「……あんたの色っぽい浴衣姿にさっきからずっと……ムラムラしてた。早く欲しくてたまらなかった」

掠れた声で囁かれ、ぞくっと首筋が粟立《あわだ》った。

「ほんと、エロくてかわいくて……最高」

耳の中に、熱くて濡れた舌が潜《もぐ》り込んでくる。

「あっ……あっ」

耳殻《じかく》を舐められながら、乳首とペニスと尻の狭間を同時に責められて、下腹部に快感がどんどん溜まっていく。どこもかしこもジンジン疼《うず》き始め、たまらず身をくねらせた。

「ゆ、ゆう……じ……」

久家の腕を摑んで縋るような声で訴える。

ぼくに甘い責め苦を与えるのも久家なら、解放に導くのも久家しかいない。

「いいよ……我慢しないで出しな」

甘やかすような声音で促されたが、ぼくは必死に首を振った。

「だ、だめだ……お湯が汚れる」

それだけはだめだ。誰が許しても自分が許せない。

「大丈夫だって。混ざっちゃってわかんないよ。出しちゃえって。気持ちいいから」

唆《そそのか》されても拒み続けた。

「だめ……絶対だめ」

頑《かたく》なに拒絶し続けていると「頑固だなー」というやや呆れ混じりの声が届く。ふっと拘束が緩み、欲望から手が離れ——あれ？　と思った次の瞬間、久家がいきなりぼくを抱えて立ち上がった。ざばぁっとお湯が零れる。

「えっ……えぇっ？」

なにが起こったのかと当惑している間に、ぼくを抱きかかえた久家が浴槽から出て、ウッドデッキを歩き始めた。デッキチェアの前で足を止め、ぼくを座面に寝かせる。

「ベッドは濡れちゃうと、今夜眠るとこに困るから」

そんなふうに言ってウッドデッキに膝をつき、ぼくの両脚をそれぞれ摑んでぐっと上に持ち上げた。

「うわっ」

体を折り畳まれ、尻を高く持ち上げられて、動揺するぼくの両脚を久家がさらにガバッと開く。

寸分の躊躇もなく、あらぬ場所に口をつけてきた。

「く……久家っ」

狼狽《うろた》えた声で名前を呼ぶ。

「な……なにやっ……だめ……きたないっ」

「汚くねーよ。温泉でさらさらになってるし」

言うなり久家が会陰《えいん》に舌を這わせ、ざらりと舐めた。

「ひぁっ」

強烈な刺激に全身がぶるっと痙攣《けいれん》する。窄《すぼ》まりから根元まで、何度か舌を往復させてから、久家が窄まりに舌をグッと差し入れてきた。

「やっ……」

中でねちょねちょと舌を動かされ、腰から足の爪先まで震えが走る。

（あ……ありえない）

柵で覆われているとはいえ外で、こんな……恥ずかしい格好――。

羞恥に全身が火を纏《まと》う。

「やだ……ゆ……じ……やだぁ」

嫌がっても容赦してもらえない。こういう時の久家は本当に暴君だ。

舌を出し入れする、ぴちゃ、くちゅん、と濡れた水音が聞こえる。恥ずかしさと興奮で黒目が潤み、額にうっすら汗が浮いた。

……熱い。全身が熱くてどうにかなりそうだ。

気が遠くなりかけた頃、ぬるっと舌が抜ける。

「よっしゃトロトロ……」

ひとりごちるようにつぶやいた久家が、唾液まみれの窄まりに亀頭を押しつけてきた。燃えるような熱さに、ひくんとおののく。

「入れるよ」

宣言と同時にずぶっと押し込まれた。

「アアッ……」

何度経験しても、どんなに解されても、異物を受け入れる衝撃に慣れることはない。たぶん一生無理だ。

苦しい。

でも、嫌じゃない。

久家がぼくを欲してくれているのを、一番生々しく感じられる瞬間だから——。

少しずつ体を進めてきた久家を、どうにか全部受け入れ、ほっと息をつく。久家もふーっと息を吐き、身を屈めてぼくの唇をやさしく啄んだ。

労いのキスを落として、ゆっくりと動き出す。奥深くまで潜り込んできた久家が、狙い定めたようにぼくの弱みを突く。

「あっ……んっ……あっ」

快楽の源を突かれ、抉られ、擦られて、仰向いた喉からとめどなく嬌声《きょうせい》が零れた。

デッキチェアに背中が擦れてひりひりする。その痛みすらが快感を増長する。

「……ッ……」

薄く開いた視界に映り込んだ久家の顔が、すごく無心で……どこか無垢《むく》に見えて、不思議な気分になった。

やっていることは煩悩《ぼんのう》と欲望にまみれているのに――。

視線を上げた久家と目が合い、「なに?」と訊かれた。

「なんでもな……」

「考えごとできるなんて余裕じゃん」

むっとした男が、ぼくの両脚を抱え直し、いきなりピッチを上げる。

「あっ……ばか……急にっ」

激しく腰を入れられて、体がデッキチェアを迫り上がった。

「むりっ……や……あぁっ」

ぐちゃぐちゃに掻き混ぜられた体内のあちこちで快感の粒が爆《は》ぜる。

微弱な電流が駆け抜け、手足の先までビリビリ痺れた。

「ふ……あ……」

この段階になったら理性や思考は完全に吹き飛び、久家の情熱に揺さぶられるのみだ。

一段、一段、力強い抽挿《ちゅうそう》で絶頂へと押し上げられていく。

最後はふたりとも無言で、呼吸を合わせることに集中した。

「あ……ひ……アッ」

ぼく自身、限界が近づいてきていたが、久家もぼくの中でマックスまで膨れ上がっている。

その大きさで、ずぶぶっと奥まで貫かれた刹那《せつな》。

「い——あ……っ」

ぼくは達した。ぎゅうっと中が収斂《しゅうれん》し、一瞬遅れて久家が弾けるのをまざまざと感じる。体内に熱い体液がじわぁと広がった。

「……はぁ……はぁ」

荒い呼吸を整えながら、鼻と鼻を擦り合わせ、ちゅくちゅくと唇を吸い合う。

「好きだ……和実……和実」

「ん……俺も……好き……」

お互いの唇に囁き合い、ぎゅっと強く抱き合った。

少しして、久家がぼくの中からずるっと抜け出る。

支えを失い、ぐったりとデッキチェアに体を預け、心地いい虚脱感に身を任せていると、上から声が落ちてきた。

「よし。じゃあ次はベッドで」

「えっ……？」

パチッと目を開く。

「まだ？　するのか？」

「するよ」

久家が当然だろ、という表情をした。

「昨日我慢した分、今日はいつもの倍な。覚悟しろよ」

「…………」

昨日、両親の前で殊勝《しゅしょう》だった久家はどこへやら。俺様完全復活だ。

目の前の不敵な顔つきを唖然《あぜん》と眺めていたぼくは、やがてふっと口許に笑みを浮かべる。

だがそれでこそ、久家有志。

ド緊張モードも新鮮でかわいかったけれど。

(やっぱりこうでなくちゃ)

「なに笑ってんだよ？」

訝《いぶか》しげな声を出す男の首に腕を回し、ぼくはその耳許に囁いた。

「わかったから……ベッドに連れていけ」

Special White Christmas

この物語は、岩本 薫のBBN「不遜で野蛮」及び「発情」シリーズとリンクしています。

東京・恵比寿《えびす》。

クリスマスイルミネーションに輝くガーデンプレイスを右手に並木道を進み、日仏会館《にちふつかいかん》を通り越してまっすぐ進んだ先、瀟洒《しょうしゃ》な住宅街に突如現れる緑豊かなスペース。

そこが東城雪嗣《とうじょうゆきつぐ》の職場だ。

世界的に有名な建築家レオン・アレキサンドロの手による建築物の一階部分は、カフェスペース【LOTUS《ロータス》】。テイクアウトが主流で、イートインでも軽食が摘《つま》めるオープンカフェだ。
二、三階は――実はここそがこの建物の心臓部なのだが――各業界に著名クライアントを持つデザイン事務所【Yebisu Graphics《エビス グラフィックス》】のオフィスとなっている。
そして地下が、無国籍料理を扱う【LOTUS DINER《ロータス ダイナー》】。

無国籍料理のレストランだけあって、店内も多様なテイストが混ぜ合わさったインテリアになっている。点在するベトナムメイドの籐《とう》の長椅子や漆《うるし》塗りの屏風、李朝《りちょう》家具の長持や薬簞笥《くすりだんす》、シノワズリのキャビネット、銀の香炉、水盆、白磁《はくじ》の壺、タイ産のシルクバティックなどが、異国情緒の演出に一役買っていた。

インテリアは無国籍コンフュージョンだが、床材はやわらかな色合いの石タイルを使用し、壁も天井も白なので、全体的にシックな雰囲気はキープしている。カップルや女性客にとどまらず、最近熟年層の利用も増えているのは、そのせいなのかもしれなかった。

だが今日は一年でも特別な日なので、【LOTUS DINER】のフロアは、ほぼ九割がカップルで占められている。どの客も予約客だ。ありがたいことに、今夜のテーブルは三ヶ月前に完売していた。中には昨年の今日、同じ女性とディナーに訪れ、そのまま会計時に一年後の予約を入れた常連客もいる。リピーターは、料理とサービスに満足してもらえた証《あかし》でもあるので、店を預かる身としてはうれしかった。

黒い立ち襟のチャイナ風デザインのユニフォームに身を包んだ東城は、ゲストの声がさざめくフロアを見回し、気を引き締め直した。

午後の六時五分前に一組目のカップルが到着し、その後も次々と二人連れが訪れ、七時を回ろうとしている現在、ひとつのテーブルを除き、席は埋まっていた。どのテーブルも、この日のために特別に装ったゲストばかりだ。彼らはアミューズと前菜の皿を前に、シャンパンや食前酒に口をつけ、談笑している。

ゲストを迎え入れる自分たちスタッフも、チーフシェフの最上《もがみ》を中心にセカンドの剣持《けんもち》、パティシエの五十嵐《いがらし》、チーフギャルソンの東城が、数ヶ月前から特別メニューのアイデアを出し合い、試食を重ねてきた。この三日は、日付が変わってからも全厨房スタッフが残って仕込みに追われた。

そうして迎えた今日、十二月二十四日。クリスマスイブ。

特別な夜に【LOTUS DINER】を選んでくれたお客様全員に、スペシャルな時間を過ごしてもらいたい。そのためにもスタッフが一丸となって最高の夜を演出する。

フロアは現在、すっかりベテランとなった越智《おち》と榎木《えのき》が仕切っていた。彼らの後輩にあたる若手スタッフも落ち着いた身のこなしで、的確なサービスを行っている。スタッフ全員が成長したおかげで、東城も安心してフロア全体を見渡せるようになった。

チーフギャルソンである東城の役割は、フレンチレストランで言うところのメートル・ド・テルに相応する。サービスの統括として、すべてのテーブルを満遍《まんべん》なくチェックし、滞《とどこお》りなく料理が運ばれているか、グラスは空いていないか、お客様にとって不都合はないか、心を配るのが仕事だ。

改めて自分の仕事を再確認した時、エントランスの木のドアが押し開かれた。おそらく最後のお客様だ。

ラストのゲストは男性の二人組だった。長身でがっしりとした男性と、ひとまわり細めの男性。共にコートの下にスーツを着て、ネクタイを締めている。

細めの男性はチタンフレームの眼鏡をかけていた。怜悧《れいり》な面差しに三つ揃いのスーツがよく似合う、見るからにエリートといった風貌。反してがっしりと胸に厚みがある男性は、やや野性味を帯びた味のあるルックスだ。浅黒い肌に黒々とした目が力強い。

他のレストランではどうかわからないが、【LOTUS DINER】において男性の二人組客は、格別めずらしくはなかった。今日も彼ら以外に二組入っている。

「すみません、遅くなってしまって。予約の織田《おだ》です」

野性的なルックスの男性が恐縮した面持ちで名乗り、東城は予約リストを確認した。十二月二十四日、十八時三十分、二名様。ご予約者のお名前・織田様。間違いない。

「お待ちしておりました、織田様とお連れ様」

にっこりと微笑み、ふたりのコートを預かる。受け取ったコートとマフラーはひんやり冷たかった。今夜の予報は夜半過ぎに雪。上手くいけばホワイトクリスマスになるようだ。

クロークのスタッフにコートを預け、ふたりをフロアへ案内した。

「ご来店はお車ですか?」

案内しながら織田様に話しかける。初回のお客様なので情報がない。快適なサービスを提供するための情報は欲しいが、あまりズカズカと立ち入ってもいけない。

「いや、今日は電車です。せっかくのディナーだから美味しいワインを楽しみたくて。ツレはあんまり呑めないんですが」

眼鏡の男性が秀麗《しゅうれい》な眉をひそめ、「おまえに比べれば誰だって呑めない枠《わく》にカテゴライズされてしまうだろう」と答える。

どうやら気の置けない間柄《あいだがら》のようだ。上司と部下なら、その点を配慮した対応が必要になるが。

(そして、織田様はワインがお好きらしい)

ダイナーにソムリエはいないので、ビバレッジは東城が担当している。頃合いを見てワインリストをお持ちしよう。

壁際のテーブル席に到着したところで、越智がすっと近寄ってきた。東城と越智で同時にふたつの椅子を引き、織田様と眼鏡の男性がそれぞれ腰を下ろした。

「本日は、当店のシェフが今夜のためにレシピを考案しました特別ディナーコースになります。

まずはアミューズからお出しすることになりますが、食前酒などいかがいたしますか？」

東城の伺《うかが》いに応じて、織田様がお連れ様に尋《たず》ねる。

「シャンパンで乾杯するか？」

「そうだな」

お連れ様の賛同を得た織田様が東城を見た。

「じゃあ、グラスシャンパンをふたつ」

「畏《かしこ》まりました」

東城は軽く頭を下げる。

「ただいまご用意させていただきます」

織田冬輝×上條玲司 from「不遜で野蛮」

立ち居振る舞いと黒目がちの瞳が美しいメートル・ド・テルに案内されて、テーブル席に着いた。白いテーブルクロスが敷かれ、クリスマス仕様のテーブルセッティングがされたふたり席だ。

クリスマス仕様といっても、赤や緑を使ったいわゆるわかりやすい飾り付けではない。テーブルウェアは黒で統一され、そこに利かせ色として白いキャンドルと石榴《ざくろ》色のナプキンが設置されている。テーブルの真ん中には、蓮の花が浮く銀の水盆が置かれていた。

クリスマスディナーと言われて頭に浮かんでいた、キラキラしたイメージとは違う。内装もシックで落ち着いた雰囲気だし、これなら自分たちのような男同士でも居心地の悪さを感じずに済みそうだ。

ほっとした上條《かみじょう》は、正面の織田に「いい店だな」とつぶやいた。

「だな。落ち着いた感じで思っていたよりずっといい」

織田も肯定する。

「兄貴に打診された時は、どうしようかと迷ったが、話に乗ってよかったよ」

そうなのだ。実は本来この席は、織田のすぐ上の兄が予約を入れた席だった。だが、人気俳優・松岡悠介《まつおかゆうすけ》のマネージャーをしている彼が、土壇場で都合が悪くなってしまい、急遽《きゅうきょ》ピンチヒッターの白羽《しらは》の矢が織田に立ったのだ。

その流れで一週間前に、織田にクリスマスディナーの誘いを受けた際は、いつも小料理屋が定番の男らしからぬ店のチョイスに驚いたものだ。しかし事情を聞いて納得した。

簡単には予約が取れない店と聞き、行ってみたいと思ったが、同時に逡巡も起こった。男同士でレストランでディナーというだけでハードルが高いのに、当日はイブだ。周りはカップルだらけだろうと推測がついたからだ。

(まぁ、自分たちもカップルであることは変わりないが)

そんなことを思った次の瞬間、かすかに赤面する。

なんだ、カップルって。いい年をして恥ずかしい……。

そういった気後れに加えて、自分たちの職業も不安の材料だった。織田は刑事で、上條自身も警察庁に勤めている。イブだからといって、犯罪者は遠慮をしてくれないし、事件も待ってくれない。予約を入れても、その時間どおりに店に行ける確率は極めて低いので、普段会う時は織田のマンションで呑んだり食べたりする「家呑み」が多かった。

今日も結局、お互いに仕事が押してしまい、三十分の遅刻となってしまったが、こうして無事にテーブルに着くことができてひとまず安堵《あんど》した。

ひさしぶりの、デートらしいデートだ。

またしても自分の心の声の「デート」という単語に赤面していると、さっき椅子を引いてくれた若いギャルソンが、トレイにシャンパングラスを二脚載せて戻ってきた。織田と自分の前にグラスが置かれる。ギャルソンと入れ替わるように、背筋のピンと伸びた黒目がちな彼が、シャンパンのボトルを持って現れた。

「ルイ・ロデレール・ブリュット・プルミエになります」

ボトルを両手で持ち、エチケットを見せてから、グラスに慎重に注ぎ始める。少し淡いゴールドの液体がグラスに溜まると、無数の泡が立ち上った。キャンドルの炎に反射してキラキラと輝く。綺麗《きれい》だ。気泡と炎の競演に上條は思わず見入った。

美しい所作でふたつのグラスにシャンパンを注いだ彼が、一礼して下がった。

「んじゃ、乾杯といくか」

織田がグラスを手に取る。上條も華奢《きゃしゃ》なグラスの脚を摑んだ。

「棚ぼたじゃあるが、今夜おまえとこうして一緒に食事ができてうれしい」

織田のまっすぐな視線が眩《まぶ》しくて両目を瞬かせる。

「……俺もだ」

消え入りそうに小さな声で上條は囁いた。誰も聞いていないとわかっていても、自分の正直な気持ちを口に出すのはやはりまだ少し気恥ずかしい。織田とこうなってもうずいぶん経《た》つが、それでもいっこうに慣れることができない。

織田もわかっているのか、そんな上條を責めることなく、にっと口許で笑った。

「乾杯」

「乾杯」

グラスのシャンパンを呷《あお》る織田の尖った喉が上下する。

今日はめずらしく髭《ひげ》を綺麗に剃っていた。ネクタイもいつものように緩んでおらず、髪も普段よりは整えられている。

こんなふうにきちんとすると、もともとスーツが似合うせいもあって男前度がぐんと上がる。

いや……少しだらしない織田も、それはそれで男の色気があって魅力的だが。

ぼんやり恋人に見惚れてしまっていたことに気がつき、あわててグラスのシャンパンを呷った。

少し刺激的な味が喉を焼く。泡はきめ細かく、それでいて力強い。

「……美味《うま》い」

「うん、美味いよな。俺はシャンパンはあんまり詳しくないが、果実味を強く感じる」

「こちらのシャンパーニュの元となるワインは、大樽で二年から六年熟成させたものになります」

いつの間にか背後に黒目の彼が立っていた。

「さらにその後、瓶での熟成が四年。おそらく各メゾンのスタンダードクラスの中では最も長い熟成期間です。それ故の、ゴージャスでリッチな味わいが特徴です」

アミューズをサーブしながら説明してくれる。

「あー、それでシャンパンにしちゃ深みがあるのか」

「はい、オレンジやカリンのフルーツの香りに加え、ナッツや樽の風味といった複雑な芳香を感じられるかと思います。――お料理ですが、こちらが本日のアミューズになります」

彼の言葉を受けて、ガラス製の蓮華《れんげ》と、木製の皿に載った薄切りのバゲットに視線を向ける。

「『トマトジュレとカプレーゼの蓮華盛り』になります。高知産のフルーツトマトのカプレーゼに、クラッシュしたトマトのジュレとモッツァレラチーズを盛りつけました。もう一品はグリーンが色鮮やかな『鯖《さば》とブロッコリーのリエット』。タイムやバジルなどハーブをふんだんに使って、青魚の臭みを消してあります。目にも鮮《あざ》やかな緑と赤で、まずはクリスマスの雰囲気をお楽しみください」

そう告げて一礼し、彼が去っていく。上條は、長方形の黒い石の上にレイアウトされたアミューズ二品をじっと見つめた。

「緑と赤がなるほどクリスマスだ」

「そういや、ネットでここの評判を調べたんだが、シェフはフレンチ出身で、無国籍と言ってもフランス料理が基にあるそうだ。そしてコースはポーションが小さい——つまり小盛りの料理が数多く出てくるらしい。そのあたりも女性客に人気がある理由らしいぞ。男はがっつり量を食いたいもんだが」

手摑みにしたバゲットをばくっと丸ごと口に入れた織田が「お……美味い」とつぶやいた。

「リエットっていや肉のイメージだったが、鯖を使うとは……」

「確かに臭みはまったくないな。むしろハーブがさわやかだ」

次に織田が蓮華を口に入れる。

「へー、量が少なくてもトマトの味自体が濃厚だからか、満足度が高いな」

「ああ……さっぱり冷たくて、口がすっきりする」

シャンパンのアルコールが回ってきたのか、顔が火照《ほて》ってきていたので、ひんやりした感触がちょうどよかった。

「玲司」

「ん?」

「もう酔ったか?」

「えっ……」

動揺した声が出る。

「そ、そんなに赤いか？」

織田が笑った。

「心配すんなって。その位置は他のテーブルから見えねぇよ。暗いしな」

「そうか、よかっ……」

「赤いってよりエロい」

「えっ」

ふたたび狼狽《うろた》えた声が出る。

「おまえ、酔うと目許がうっすら色付いて、瞳がとろんと潤んでくるんだ。焦点も微妙に甘くなってさ」

そう囁く織田の目は、心なしか熱を孕《はら》んでいた。熱っぽい視線に炙《あぶ》られて、また顔が熱くなる。

「すまない……」

「なんで謝るんだよ？」

「いや……だらしのないところを見せてしまって」

「ばーか。誉めてんじゃねーか」

片眉を持ち上げ、口許を歪めていた織田が、ふと佇《たたず》まいを変えた。

「ま、他のやつに見せたら許さねーけどな」

強い眼差《まなざ》しで射貫《いぬ》くように上條を見据え、低くつぶやく。

「いいか？　油断したおまえを見ていいのは俺だけだからな」

「………」

おまえこそ、ばかだ。おまえ以外のやつに見つめられて体が熱くなったりしない。

おまえだから……俺はこんなふうになるんだ。

そう思ったが声には出さず、上條は黙ってうなずいた。

久家有志×益永和実 from 「YEBISUセレブリティーズ」

「東城さん、このリゾーニのサラダ、美味いね」

ワインを注ぎに来た東城さんに、久家《くげ》が声をかける。

「ありがとうございます。ホタテの出汁《だし》を効かせてあるんですよ」

「なるほど甘いのはホタテの旨味かぁ。ショートパスタだけど小さくカットした野菜がたっぷり入ってるからヘルシーな感じでいいね。色取りも綺麗だし。さっきの香味豚《こうみぶた》も美味かった」

「『香味豚とバナナの網ライスペーパー巻き揚げ』ですか。よろしかったら、本日のコースのレシピをのちほどお教えしますね。網ライスペーパーは普通のライスペーパーでも代用できますし、ご自宅でも手軽に作っていただけるかと思います」

「マジで？　ラッキー」

「久家さんたちはお得意様ですから」

「ここに来ればいろんなタイプの料理が楽しめて、わがままも言えるからね。最上シェフに『美味しかった』って伝えといて」

「了解しました。きっと最上も喜びます」

にっこり微笑んだ東城さんが立ち去ると、久家がぼくに「やったね、レシピGET！」と親指を立てた。

「よかったな」


そう言いながらテーブルの上のスマートフォンに手を伸ばすぼくに、久家が表情を一変して「ちょっと益永《ますなが》さん」と怖い声を出した。

「せっかくのクリスマスディナーなのに、さっきからスマホばっか弄《いじ》ってさ、なんなんだよ？」

正面から睨《にら》まれ、反射的に首を縮める。自分でもその自覚はあったのだが……。

「ごめん……メールが来てないか気になって」

「メール？　誰から？」

「ペットシッターさんから」

ぼくの返答に、久家が「ああ……」という顔をした。頭に手をやり、ウェーブのかかった髪をくしゃっと掻き上げる。

「ユージのことが気になるのはわかるけどさぁ」

今夜のディナーとホテル泊のために、愛猫のユージをペットシッターに預けてきた。動物病院から紹介されたシッターさんで、これまでも何度かお願いして、信頼できる人だとわかっている。それでもどうしても気にかかって、さっきからディナーに集中できないのだ。

自分でも相当な過保護だとわかっている。わかっていてもどうしようもない。

「なんのためにわざわざシッターに預けてきたんだよ？　ユージのことは今夜だけ忘れて、ふたりの時間を楽しむためだろ？」

「……そんな……忘れるなんて」

ショックを受けたぼくが冷たい男を睨みつけると、「だから今夜だけだって」と苛立《いらだ》った声を出された。

「俺だってそりゃユージがかわいいよ。ユージとあんたと一緒に過ごす時間は、いまの俺の原動力だし、それがあるから仕事もがんばれる。でもあんたとふたりだけの時間もそれ以上に大事なの。あんたは違うのかよ？」

「違わない」

すぐに首を横に振る。

今夜のために久家が何ヶ月も前からホテルのいい部屋を押さえてくれていたのを知っている。

毎年、趣向を凝《こ》らしたクリスマスプレゼントだって用意してくれる。

一年ごとに素晴らしいクリスマスの思い出を更新できるのは、全部久家のおかげだ。

それについては本当に心から感謝している。

「……ごめん」

久家がふーっとため息を吐いた。

「夏の旅行の時も言ったけど、あんた、そろそろ本気で子離れしないと。ユージももう赤ん坊じゃないし、これから先もずっとユージとの生活は続くんだから」

「……うん」

「以降メールチェック禁止」

「わかった」

ぼくが素直にうなずくと、久家がふっと表情を和《やわ》らげた。

「せっかくのイブにあんたと喧嘩《けんか》したくないからこの話はもうこれで終わり。さ、次の皿が来たぜ」

というやりとりを経て、ぼくも反省し、その後一時間ほど楽しい時間が過ぎた。続く『茸《きのこ》のフリカッセ』、メインの魚料理の『百合根《ゆりね》と鱈《たら》の白子のグラタン』、肉料理の『鶏のバロティーヌとビーツとささみのラビオリ』――最上シェフ渾身《こんしん》のメニューと言うだけあってどれも舌が蕩《とろ》けそうに美味しかった。ワインも、東城さんリコメンドの赤と白を取ったのだが（ほとんど久家が呑んだが）、どちらも料理にすごく合っていた。お互いを引き立て合う、マリアージュってやつだろう。

「うー、満腹。めっちゃ満足」

久家が満ち足りた表情でつぶやく。美食家の久家は、本当に美味しいと思った時しか、こんな顔はしない。

「あとはデセールか」

口許を拭ったナプキンをテーブルに置き、ぼくは椅子を引いた。

「ちょっとお手洗いに行ってくる」

「ん？　ああ……いってらっしゃい」

パウダールームは、ぼくたちのテーブルから少し離れた場所にある。行き着くまでに他のテーブルが視界に入ったが、やはりカップルがほとんどだ。みんな幸せそうに料理を口に運び、ワインを呑み、談笑している。中にはテーブルの上で手を握り合っている熱々カップルもいた。

（あれ？　自分たち以外にも男性同士のテーブルがあるんだ）

壁際の席で、スーツの男性ふたり組が食事をしている。ふたりともかなりのイケメンだ。眼鏡の男性は見るからにエリートといった風貌だが、お相手を見つめる視線がやさしい。ちょっと野性的な雰囲気のお相手の男性も笑顔で、実に楽しそうだ。

この【LOTUS DINER】では数え切れないほど食事をしたけれど、いつもゲストがみんな笑顔だから、同じ空間にいるぼくまで幸せな気分になる。とりわけ今日のような特別な日は、ゲストの笑顔がいっそう輝いて見えた。

それもこれも、東城さんや最上シェフをはじめとしたスタッフが、自分たちのクリスマスを返上してがんばってくれているからなんだよな……。

感謝の気持ちを胸に、漆塗りの衝立《ついたて》に歩み寄った。

衝立の脇を通り抜け、角を曲がってパウダールームのエントランスに足を踏み入れたぼくは、フロアからは死角になったデッドスペースで立ち止まり、ジャケットのポケットからスマートフォンを取り出した。

まずはメールチェック。ペットシッターさんからの緊急メールはなし。よかった。特に問題はないようだ。

次に、画像ストックからユージの写真を呼び出す。床にあられもない大股開きで転がるユージ。猫じゃらしで無心に遊ぶユージ。箱の中に入ってお澄ましなユージ。猫ってなんで箱とか紙袋とか引き出しが好きなんだろうな……。

顔をデレデレさせながら久家の前では我慢していた「ユージ充」をしていたら、不意に目の前からスマホが消えた。

えっ？　と振り向いて、鳶色《とびいろ》の双眸《そうぼう》と目が合う。

「………っ」

く、久家!?　いつの間に後ろを取られて……？

「おま……なんでっ」

「怪しいと思って尾行《つけ》てきたんだよ。ったく案の定……」

ぼくのスマホを手に苦々しい顔つきの恋人を前にして、あわあわとなった。

「こ、これはちがっ……本当にトイレに行きたかったんだ！　そのついでにちょっとだけ……っ」

「ちょっとだけ？」

「その……『ユージ充』を」

はーっと大仰《おおぎょう》なため息が落ちてきた直後、腰に片手が回ってきた。ぐいっと引き寄せられる。

「今夜はこっちの『有志充』にしとけよ」

傲慢《ごうまん》に言い放ち、近づいてくる顔に、焦って「久家……っ」と声を出す。

「こ、こんなところで……だめだ」

「大丈夫だって。一分やそこら誰も来やしねーよ」

相変わらず強引な恋人の言い分に、ぼくはぱくぱくと口を開閉し、結局なにも言えずに閉じた。

『ユージ充』のあとは『有志充』がしたいのは、本当のところ、ぼくの欲求でもあったから。

「いいか？　これはスマホ見た罰だかんな？」

偉そうにつぶやき、久家が唇を重ねてくる。デザートより甘い罰を、ぼくは目を閉じて受けとめた。

神宮寺峻王×立花侑希 from 「発情」

目の前に置かれた白い平皿には、色鮮やかなデザートが、まるで宝石のように散りばめられている。

「うわぁ……」

侑希《ゆうき》はムース、ソルベ、グラスス入りのスフレグラッセの盛り合わせを、うっとり見つめた。飲み物はあたたかいフルーツティーだ。本物のキウイ、オレンジ、リンゴが紅茶にたっぷり入っている。さらには、マカロンやフィナンシェなどの小さな焼き菓子もハイティースタンドに載っていた。

(どうしよう……目移りする……どこから行くべきか)

迷っていると、苦笑混じりの声が正面から届く。

「甘いもんを前にすると、ほんと幸せそうだな、あんた」

侑希は上目遣いに、恋人を軽く睨んだ。

「悪いか」

「悪くねーけどさ。ま、いくらカロリー摂っても太らない体質だからいいんじゃね？」

それはこっちの台詞《せりふ》だ。

恋人は、どんなに肉をドカ食いしても、たとえ一日三食焼肉三昧《ざんまい》の日々を過ごしたとしても絶対に太らない「特異体質」だ。締まるべきところは引き締まり、つくべきところには筋肉がついた、しなやかでシャープな肉体を万年保持している。

それもそのはず——大きな声では死んでも言えないが、恋人は人間でありながら狼《おおかみ》でもある人狼なのだ。人間社会で暮らす以上、滅多《めった》なことでは変身しないが、狼になった時の恋人は、息を呑むほどに美しいフォルムと毛並みを持つ。

出会った時はまだ十六歳の高校生だった峻王《たかお》も、現在は大神組《おおがみぐみ》次期組長として、任俠道と帝王学を学ぶ身だ。

ダークスーツに身を包み、白いシャツの第一ボタンを外した恋人は、凄みすらある美貌も相まって、独特のカリスマオーラを立ち上らせている。

自身はデザートに手をつけず、ブラックコーヒーを口に運んだ峻王が、「料理、美味かったな」と言った。

「うん、本当にどれも美味しかった」

盛りつけも味も素晴らしかったコース料理の数々を思い出し、侑希は口許を綻《ほころ》ばせた。

「ここにしてよかったな」

峻王の言葉にうなずき、スプーンですくったスフレグラッセを口に含む。ひんやりと冷たくてふわふわな食感を味わったのちに、目を閉じてつぶやいた。

「デザートも美味しい……」

この店を予約したのは峻王だが、そもそもは賀門《がもん》に勧められたらしい。食通の賀門は、料理の腕もプロ裸足だが、レストラン情報にも詳しいのだ。

この春に賀門一家が独立し、いままでは本郷《ほんごう》の屋敷でみんなで開いていたクリスマス会がなくなった。

侑希が内心寂しがっているのを察したのだろう。峻王が「今年のクリスマスはひさしぶりに外で食事しようぜ」と誘ってくれたのだ。おかげでひととき寂しい気持ちも紛れ、楽しい時間を過ごすことができた。

（この店はアタリだった。賀門さんに御礼を言わなくては）

「はー、美味しかった」

峻王の分のデザートまで完食し、満足のため息を吐く。

「よくふたり分食ったなぁ」

呆《あき》れ顔の峻王に「別腹」と答え、侑希は言い添えた。

「ちょっとトイレ行ってくる」

「ん」

峻王はスマートフォンを取り出し、メールチェックを始める。組関係の緊急の連絡がないかを確かめるんだろう。こういうところは、唯我独尊《ゆいがどくそん》だった以前と変わったと思う。少しは社会性が出てきたのだろうか。

歩き出すとギャルソンがすっと近寄ってきて「パウダールームはあちらの衝立の奥でございます」と教えてくれた。店に入った時から、あれこれと細やかなフォローをしてくれる黒い瞳が印象的な彼は、ストイックな制服がとてもよく似合っていて、立ち姿がすごく美しい。

「ありがとう」

礼を言って衝立に向かった侑希は、道すがら店内のインテリアに目を奪われた。

（ツリーもブルーライトとシルバーのオーナメントのみか……）

本当におしゃれな店だ。できれば来年もここに来たい。

そんなことを思いながらギャルソンの指示どおりに、衝立の横を抜けてすぐの角を曲がった瞬間だった。視界に飛び込んできた衝撃の映像に侑希は凍りついた。

「……っ」

カップルがキスしている。しかも両方ともスーツ姿。

つまり男同士！

あまりの驚きにフリーズしていたら、片方が侑希に気がついた。ウェーブした明るい髪の美男子だ。あっという表情で唇を離し、黒髪の男性を抱き寄せていた腕を解く。

一方、とろんとした表情の黒髪の男性は、こちらに顔を向けたとたん、みるみる眼鏡の奥の両目を見開いた。「うわっ」と声をあげ、ウェーブくんの後ろに隠れる。ウェーブくんも彼を庇《かば》うように前に立ち、悪びれない口調で「失礼」と言った。侑希より彼のほうが気まずいはずだが、妙に堂々としている。

「パウダールームですよね？　どうぞお先に」

「え？　でも……」

「俺たちはあとでいいんで」

にこやかに促され、「そ、それじゃあ」とぎくしゃく奥に進む。用を足している間も、さっき見たばかりのキスシーンが脳裏から消えなかった。

パウダールームから出るともう、彼らの姿はない。

（いまのはなんだったんだ……）

まだ若干衝撃を引きずりつつ、自分たちのテーブルに戻った。すかさずギャルソンが椅子を引いて、侑希が座るのを手伝ってくれる。

メールを打つのを止め、スマホから顔を上げた峻王が、つと眉根を寄せた。

「あんた、顔真っ赤だぞ？」

「……あ」

「なんかあったのか？」

「いや……うん……いや」

「なんだよ？　どっちなんだよ？」

追及されて、峻王に話すかどうかを悩んだ。

いまトイレの前で、男同士がキスしてたんだ。

でも、自分たちだって男同士だ。正確に言えば、普通の人間同士ですらない。彼らのことをとやかく言えない。

それに、キスしている彼らはとても綺麗だった。一瞬見惚れてしまうほどに。きっと真剣に愛し合っているのであろう彼らを、面白半分に話題にすべきじゃない。

「……なんでもない」

そう答えると、峻王が「ふぅん」と片眉を持ち上げた。

「ま、いいけどさ。……その代わり」

指でくいっと招く。侑希が「なに？」と身を乗り出すと、耳に口を寄せた。

「今夜覚えてろよ」

「……っ」

ドキッと鼓動が跳ね、ますます顔が熱くなる。

「……峻王」

「俺以外の誰かのせいで、んなエロい顔してただで済むと思うなよ」

凄むように囁いたかと思うと、すっと身を引いた。椅子の背にもたれてスマホを持ち直す。

（……こいつ）

もうなにごともなかったかのように平然とメールの続きを打ち始めた恋人を、侑希は赤い顔で睨むしかなかった。

アルベルト×東城雪嗣 from「YEBISUセレブリティーズ」

一年で一番忙しい一日が終わった。明日もクリスマスのコースは出すが、イブの今日がやはりピークだ。

最後のカップルが店を去り、フロアの清掃も終わった。人気のない店内の片隅で、東城がひとりパソコンに向かっていると、私服に着替えた最上が、バイクのヘルメットを抱えて現れる。

「東城、売り上げはどうだった？」

「おかげ様で昨年を上回りました」

東城の返答に最上が「そうか」とうなずいた。その顔にはさすがに少し疲労の色が見える。さもありなん、今日だけで四十食分のコースをこなしたのだ。

「今年のお料理、とても好評でしたよ。お客様もすごく喜んでくださっていました。今年も、会計時に来年の予約をしてくださったお客様が三組いらっしゃいました」

「そいつはなによりだ」

最上が笑う。やはり自分たちにとっては、お客様の笑顔がなによりのご褒美《ほうび》だ。

「本当にお疲れ様でした」

「あんたこそ。——まだ帰らないのか？」

「レジを締めてから帰ります。戸締まりは私がしますのでお先にどうぞ」

「わかった。お疲れ。明日はカフェは昼からだよな？」

「はい、シェフもゆっくりいらしてください」

最上が帰り、ついにひとりになった店内でレジを締めた東城は、バックヤードでユニフォームから私服に着替え、戸締まりをした。電気を消し、大きなイベントを無事に乗り切った達成感と心地よい疲労感を抱え、裏口から外に出る。

「……息が白い」

顔に触れる冷気にマフラーを口のあたりまで持ち上げた。この時間になると、クリスマスに活気づいていた恵比寿の街も落ち着き、住宅街はシンと静まり返っている。

その静寂をオンオンッと犬の吠え声が切り裂いた。

（……え？）

耳慣れたその声に、東城は発信源の方角を見やる。路肩にオレンジのマセラティが停まっていた。運転席のパワーウィンドウが下がり、夜目にも光り輝くような美貌が覗《のぞ》く。

「ユキ！」

「アルベルト!?」

予想もしなかった恋人の姿に思わず大きな声が出た。びっくりして駆け寄る東城を、運転席から降りてきた恋人が両手を広げて抱き留める。ぎゅっときつい抱擁《ほうよう》。

「そろそろ仕事が終わる頃だと思って、スマイルと一緒に迎えに来たんだ」

腕の力を緩めたアルベルトが弾んだ声で言った。迎えに来るなんて朝は一言も言っていなかったけれど、サプライズが好きな恋人がわざと内緒にしていたのかもしれない。

「ありがとうございます。だいぶお待たせしてしまいましたか？」

「十五分くらいかな」

「すみません」

「いいんだよ。きみを待つのはいつも楽しい。スマイルも一緒だしね。朝から一日お疲れ様。疲れただろう?」

背中をさすられ、やさしい声で労《ねぎら》われて、今日一日の疲労感が吹き飛ぶ気がした。

「いいえ……みなさんが喜んでくださったので。……あの……それよりすみません、クリスマスも仕事で……」

クリスチャンである恋人にとって今日・明日は大切な日であるはずだ。なのに自分は毎年一緒に過ごすことができない。

「ミサは明日の朝一緒に行けばいいよ。それに、僕は生き生きと働いているきみが好きだし」

「アルベルト」

こちらを気遣う言葉に、東城が胸をじんわりぬくもらせていると、恋人が少しばかり悪戯《いたずら》めいた表情を浮かべ、「その代わり」と言った。

「今日一日いい子で留守番していた僕に褒美が欲しい」

「褒美……ですか?」

訝《いぶか》しげに問い返す。

「うん、あのね」

アルベルトが耳に口を寄せてひそひそと囁くにつれ、東城の顔はじわじわと赤く染まった。

「そ、それは……」

「だめ?」

「だめでは……ないですけど」

「じゃあ決まりだね！」

うれしそうな声を出したアルベルトが、東城の唇からちゅっとキスを盗む。

「そうと決まれば早く帰ろう！　とっておきのワインをデキャンタージュしてきたんだ。美味しいチーズとスペインから取り寄せた生ハムもあるし、暖炉《だんろ》では薪《まき》も燃えている」

アルベルトに急《せ》かされ、微笑みながら助手席に乗り込もうとして、「あっ」と声をあげる。顔を仰向け、東城は空に手を翳《かざ》した。その手のひらに、ひらりと、白い結晶が舞い落ちる。

「……雪」

「ああ……降ってきたね。ホワイトクリスマスだ。積もれば明日には子供たちが雪だるまを作れる」

乗り込んだマセラティの車内には、折しもカーステレオから『White Christmas』が流れていた。後部座席のスマイルが、主人との再会を喜んで「オンオンッ」と吠える。

外は寒いけれど、ここはなにもかもがあたたかい。

ひたひたと満ちる幸福感に東城の唇が自然と微笑みを象《かたど》る。

その傍《かたわ》らでステアリングを握ったアルベルトが、朗《ほが》らかに、歌うように言った。

「さあ、帰ろう。――僕たちの家に」

1st Anniversary

「窓は全部拭き終わったよ。そっちはどう？」

掃き出し窓の向こう側からの、外回り担当の同居人の問いかけに、ぼくは「こっちはもう少し」と答える。

年末大掃除におけるぼくの役割分担は室内で、早朝から休みなくがんばった成果か、九割方は終わったのだが、まだあと電気のシェードを拭くのとエアコンの清掃が残っていた。

庭やガレージ、玄関といった担当スペースを一足先に片付けて、部屋の中に入ってきた久家《くげ》が、「手伝うよ」と言ってくれた。

「助かる。陽が翳《かげ》る前には終わらせたいから……」

「あとはどこ？　高いとこが残ってんの？　じゃあさ、シェードは俺が外すから、益永《ますなが》さん、下で受け取って拭いてよ」

段取りを指示して、久家が物置から脚立《きゃたつ》を持ってくる。その脚立に乗って天井の照明からシェードを外し、ぼくに渡すと、また次の照明まで脚立を担いで移動していく。

同居してから知ったのだが、久家は家事スキルがとても高かった。以前から料理はかなり上手いと思っていたけれど、それだけじゃなく、掃除も洗濯もアイロン掛けも庭仕事も、家事全般をそつなくこなす。根が器用なせいかもしれない。一方のぼくは、潔癖症のきらいがあるので、掃除や洗濯にはこだわりがあるのだが、なにぶん手が遅い。

「仕事と同じだね。丁寧で仕上がりは完璧だけど、時間がかかる」

久家に評されて、そうかもしれないなと思った。デザイナーにあるまじきことだが、不器用なのかもしれない。

だからなにごとにおいても、ぼくがいつまでものろのろやっているのを見かねて久家が手伝いを申し出てくれる展開になる。

「家事なんて共同作業なんだし、手が空いてるほうが手伝うでいいじゃん」

久家はそう言ってくれるけれど。

(全般的にもう少しスキルを上げたい。せめて足手まといにならない程度に……)

そんなことをぼんやり考えながらガラスのシェードを拭いていると、その間に久家はエアコンの清掃を始めた。やっぱり脚立に乗って、カバーを取ったりフィルターを外したりしている。

そのテキパキした動きを見て、ぼくも気合いを入れ直した。

ぼんやりしている場合じゃない。大掃除が終わったら、今夜はちょっとしたイベントの予定があるのだ。


「巻き」でがんばったせいか、陽が完全に落ち切る前に、なんとか大掃除は終了。

掃除の間、外に出てしまわないように、二階の寝室に閉じ込めておいた『ユージ』を半日ぶりに解放してやった。

「ミャーミャーミャー！(ひとりでさびしかった！)」

鳴いて訴えるユージを抱き上げ、「よしよし。よく我慢したな。いい子だ」と頭を撫でてやる。もちろん部屋はあたたかくしてあったし、餌やトイレ、水は側《そば》に置いて、ちょくちょく様子を見に行っていたが、それでもやっぱりひとりぼっちで二階にいるのは寂しかったらしい。猫語(?)でなにごとかを懸命に訴えるユージを、今度は久家がひょいっと片手で抱き上げた。慣れた手つきで胸に抱き込む。

「なんだよ？　しょーがねぇだろ？　おまえがちょろちょろしてたら掃除の邪魔なんだからさ。猫の手も借りたいって言っても、実際おまえの丸い手じゃ役に立たないしな」

宥《なだ》めるように言って聞かせて、喉を指でこちょこちょと撫でた。たちまちユージが目を細め、ゴロゴロと喉を鳴らし始める。

ユージは久家に抱っこされるのが大好きだ。ぼくより体が大きいので、どうやら安定感があって心地いいらしい。

五月に、捨て猫だったのをぼくが拾ってきた時にはまだ乳飲《ちの》み子だったユージも、七ヶ月が経ち、だいぶ大きくなった。

当初は、里親が見つかるまで預かるつもりだったのだが、ミルクをやって育てているうちに情が湧いてしまい、手放せなくなってしまった。「ペットを飼うなら断然犬！」と公言し、はじめはユージをライバル視していた久家も、いまではすっかり宗旨替《しゅうしが》えしたようだ。夜中にユージがふたりのベッドに潜《もぐ》り込んでくると、「ったく、甘ったれ」と文句を言いつつも、受け入れている。最近はふたりと一匹で川の字で眠るのが定番だ。

「さーて、掃除も済んだことだし、準備始めるか」

大掃除が済み、すっきりした一階のリビングで、久家が腕まくりをした。

「手伝うよ」

ぼくの申し出に久家が「よろしく」と答える。

キッチンにふたりで立ち、久家の指導の下、ぼくは助手として働いた。——と言っても、野菜を洗ったり、ドレッシングを和《あ》えたり、食器を出したり……といった程度の手伝いだ。これでも同居し出した頃よりは、ずいぶん手際がよくなったつもりではあるのだが。

主に久家の奮闘《ふんとう》の結果、二時間ほどで、テーブルセッティングされた食卓の上にずらりと料理が並ぶ。今日は久家が得意なイタリアンで、『鶏レバーのクロスティーニ』、『ホタテとマッシュルームの温製サラダ』、『バジルペーストのタリアテッレ』、そしてメインが『仔羊のカツレツ』だった。

キャンドルの灯《あか》りに照らされた皿は彩《いろど》りも鮮やかで、眺めているだけでお腹がぐぅっと鳴りそうになる。食にはいつも手を抜かない久家だが、とりわけ今夜はご馳走だ。

まずは冷やしてあったクリュッグで乾杯。

シャンパングラスを掲げた久家が、「俺たちの一周年に」と言った。

ぼくもグラスを持ち上げて、「一周年に」と復唱し、正面の久家とほぼ同時にシャンパンをひとくち呷《あお》った。

「うん、美味《うま》い。適温」

「ああ……美味しいな」

久家の感想にぼくも同意した。

「やっぱ記念日のクリュッグは格別」

……そうなのだ。今日で、ぼくらがパリの小さな教会でふたりだけの式を挙げて一年が過ぎた。

世間一般の言葉を借りるならば、十二月三十日は、ぼくらの「結婚記念日」ということになる。

籍を入れているわけではないので、正式なものではないけれど。

（一周年か……）

久家と家族になって一年。

クリスマスイブにプロポーズされた時は、うれしい気持ちで受諾したものの、正直、自分が久家と「結婚」するという実感はいまいち希薄だった。

三月に恵比寿《えびす》に一軒家を借りて、一緒に暮らし始めた当初も、自分が本当に肉親以外の誰かと一緒に暮らせるのか、不安がなかったと言えば嘘になる。

生活を共にするパートナーとして、扱いにくいタイプの人間である自覚があったし、もしかしたら久家のほうが愛想を尽かして出て行ってしまうんじゃないか……そんな懸念もあった。

でも一緒に暮らし始めてみると、短気で自己中な俺様というイメージを覆《くつがえ》し、意外や久家は辛抱強かった。ぼくと歩調が合わなくても、苛立《いらだ》ったり怒ったりせず、立ち止まって待とうとしてくれているのを感じる。

もちろん、この一年間まったく波風が立たなかったわけじゃないし、小さな喧嘩《けんか》なら数え切れないくらいにいっぱいした。

でも、いつだって三日以上は引きずることなく、ちゃんと仲直りできた。

『なんで怒ってんのか、ちゃんと口にしてくんねーとわかんねーよ』

『ごめん、いまのは俺が悪かった』

『ありがとう。すごくうれしいよ』

いい感情も悪い感情も、心に溜めずに言葉にする努力を、お互いに積み重ねてきた成果かもしれない。

「はー……なんか実感湧かないな。あれからもう一年経《た》ったなんてさ」

グラスを置いた久家が、ため息混じりに落とした。

「一年前の今日……ベール被《かぶ》ったあんた、綺麗《きれい》だったよなぁ。教会のステンドグラスの光を浴びてキラキラしてて……」

「うん……」

思い出を噛み締めるような陶然としたつぶやきに、じわっと顔が熱くなる。

「もう酔ったのか？」

「まさか。……にしてもつくづく写真残ってないのが残念……ま、突発だったし、仕方ないけど」

本気で久家が残念そうなので、思わず口を開いた。

「写真なんかなくても、毎日一緒にいられて幸せなんだから、いいじゃないか」

刹那《せつな》、目の前の鳶色《とびいろ》の双眸《そうぼう》が大きく見開かれる。意表を突かれたようなその顔を見て、自分がすごく恥ずかしい発言をしたことに気がついた。

「あ……いや……だから……」

いよいよ顔が熱くなり、口の中でごにょごにょとつぶやいていると、久家がゆっくりと唇の端を持ち上げる。

蕩けそうな顔——というのは、まさしくこういう顔のことなんじゃないかと思う表情。

羞恥に顔を赤らめるぼくをじっくり観察したあとで、久家がおもむろに口を開く。

「益永さん、幸せなんだ？」

「……そ、そりゃまぁ……この家は住みやすいし……ユージもいるし……」

名前に反応したユージが、ぼくの足許でナーンと応えた。「な？　ユージ」と同意を求めたが、久家は誤魔化《ごまか》されてくれない。

「幸せなんだ？」

重ねてしつこく確かめられて、上目遣いに目の前のにやけ顔を睨んだ。

「……幸せだよ」

十秒後、根負けしたぼくはついに認めた。

「悪いか？」

挑むように言ったら、久家がますます相好《そうごう》を崩す。

「悪くないよ」

言うなり椅子から立ち上がり、前屈みになって、ぼくの唇にちゅっとキスを落とした。

「……最高」

昼の間にうっとりと吹き込んでから、ぼくの目を間近でじっと見つめる。

「俺も……和実《かずみ》と一緒に暮らせたこの一年間、毎日すっごく幸せだった」

「……久家」

「これからも……末永くよろしく」

「……うん」

甘い囁きにうなずいて、ぼくはふっと笑った。額をこつんとぶつけてきた久家と、おでこをくっつけたまま微笑み合う。

「あー、参ったな」

椅子に座り直した久家が、髪を片手で掻き上げてぼやいた。

「なんか、キスしたらあんたが欲しくなってきちゃった」

あけすけな台詞《せりふ》にドキッと心臓が跳ねる。軽くフリーズするぼくに、久家がにやっと笑った。

「せっかく作った記念日ディナーだけど、早く食べちまおうぜ。——今夜のデザートはあんたに決めたから」

「……馬鹿」

恥ずかしい台詞では何倍も上手《うわて》の恋人を、ぼくは幸せな気分で睨《ね》めつけた。

MENU SCENE

ロータスライス

BBN「YEBISUセレブリティーズ」第1巻 P35より
ボスが【LOTUS DINER】のメニューをはるかに紹介して……。

「地下のダイナーはアジアンテイストが売りだが、俺のお勧めはベトナム式のお好み焼きとも言えるバイン・セヨだ。こいつはパリパリの皮と新鮮なもやしのシャキシャキとした食感がたまらない逸品だ」

「パリパリの……シャキシャキ？」

　想像してみろ、といった表情で、彫りの深い男前が大きくうなずく。

（中略）

「締めはなんと言っても、蓮の葉でもち米を包んで蒸した【LOTUSライス】。蓮の実がごろごろ入っていてな、こいつはむちゃくちゃ旨いぞ」

藤波の喉から、ゴクンと生唾を呑み込む音が聞こえた。

「どうだ？　食いたくねぇか？」

　抗いがたく魅力的な低音美声が、駄目押しで囁く。

「食いたいですっ」

アンディーヴを添えた地鶏の丸ごと一羽のグリル

BBN「YEBISUセレブリティーズ」第6巻 P376より
パリでクリスマスを過ごすことになった久家と益永は、二人でキッチンに立ち、クリスマスディナーを作り、食べる。

　久家がチキンを上手に捌いて、野菜と一緒に取り分けてくれた。すでにかなりお腹がいっぱいになっていたけれど、地鶏の肉がジューシーでぺろりと食べてしまう。

「ウィッシュボーン見っけ！」

　残骸の中から小さな骨を摘み上げた久家が声を張り上げた。鳥の胸と首の間にあるこのＹ字型骨を『ウィッシュボーン』と呼ぶことは、ぼくも知っていた。骨を両方から引っ張って、長いほうの骨が残った人間の願いが叶うという言い伝えがあるらしいことも。

「引っ張ろうよ」

久家がウィッシュボーンの片側を指で摘んで、ぼくのほうに差し出してきた。

「どうやるんだ？」

「まず、願いを心に描いて……描いた？」

「うん」

ギブソン

BBN「YEBISUセレブリティーズ」第5巻 P28~33より

アルベルトに失恋した加賀美は半ば自暴自棄な気持ちで、ゲイが集うバーに足を踏み入れる。そこで出会った無礼な男・谷地と運命の恋に落ちるなど、その時の加賀美は想像だにしていなかった……。

一時間ほどねばってみたが、時が過ぎるにつれて心身共にどんどん萎えるばかりなので、二杯目のギブソンが空になったのを機に、加賀美は席を立った。

別の店に行ってみようか、それとも今夜はもうおとなしく帰ろうか。

思案しながら勘定を済ませ、カシミアのロングコートを羽織る。鉄のドアの前に立つと同時に、ちょうど誰かが店に入ってきた。入れ違いに出ていこうとして、その長身の男にいきなり腕を取られる。

「おい——なんだよ？　もう帰るのか？」

あまりに馴れ馴れしいので、一瞬知り合いかと焦ったが、視線の先の浅黒い顔に見覚えはない。

（なんだこいつ？）

男の失礼な振る舞いにむっとした加賀美は、無言でその手を振り払った。

（中略）

「どうだ？　俺と試してみないか？」

「……試す？」

唐突な問いかけの意味がわからず、つい問い返す。

「あんたさ、男とやってイッたことないだろ？」

チャー・カー

BBN「YEBISUセレブリティーズ」第3巻 P35より

アルベルトを拒み続ける東城。アルベルトは、ベトナム・ハノイの街で買い付けをして歩く東城を追いかけ続ける。東城は旧市街の薄汚れた食堂に入っていき……。

こうして異国の地で彼と同じ時間を共有している感慨に浸っていると、やがてベトナム人の青年が階段を上がってきた。注文を取ることもなく、淡々とシステマチックに、水のコップと、ビーフンの入ったプラスティックの器、ディルなどの各種ハーブで山盛りの皿、そして小さなコンロをテーブルの上に並べていく。

（…………？）

何が出てくるのかと身構えていると今度は、煮立った魚の切り身のようなものが入った、熱々のフライパンが運ばれてきた。ぷんと鼻をくすぐるターメリックの匂いに煽られて、急激に空腹を自覚する。

コンロの固形燃料に火を点け、フライパンを載せたきり、青年は何も言わずに去っていってしまったので、アルベルトは東城を窺い見た。どうやら彼はフライパンにハーブと浅葱を入れて、さらに掻き混ぜている。見様見真似で同じようにハーブを投入し、火が通ったところでビーフンの上に載せ、長葱、香菜、ピーナッツをトッピングして口に運ぶ。

「Buono！」

カレー風味の白身魚は、思わず声が出るほどに旨かった。

●まんまるPROFILE●

数々のBL作品に登場するメニューを実際に作っている、話題のブロガー。
美しい写真とBL作品への愛溢れる感想に彩られたブログ「BL KITCHEN」をご覧になりたい方は以下のアドレスへ。
http://manmarupom.jugem.jp/

All recipes and photographs by まんまる

エビリアンナイト

～エビリティ版千夜一夜物語～

★プロローグ★

これは昔々の物語。
近隣諸国の中でもひときわ隆盛を誇る、とある砂漠の国に三人の王子がおりました。
それぞれ母が違う王子たちは、三人三様の外見を持ち、性格もまた異なりました。
第一王子――タカシは、漆黒の髪に黒曜石《こくようせき》の瞳を持った美丈夫。先だって病にて没した父王の跡目を継ぐことが決まっています。幼少時から王位を継ぐための教育を施されてきたせいか、はたまた生まれ持っての器量か、すでに王としての威厳と風格を充分に備えていると、家臣たちの間でもっぱらの評判です。
第二王子――タツヤは、薄茶の髪に琥珀《こはく》色の瞳を持つストイックな美青年。王宮での窮屈《きゅうくつ》な生活を嫌い、自由を求めて草原へ繰り出すことが多い彼は、誰よりも速く馬を駆ることができます。ジャンビーアの遣い手としても名を馳《は》せ、彼の右に出る者は唯一、側近である護衛長だけだと言われています。
第三王子――ユージは、金の髪に明るい瞳が華やかな美貌の青年。末っ子故か、やや奔放《ほんぽう》な性格で、若干わがままなところもありますが、そこが彼の魅力でもあります。非常に女性にもて、彼の周りを常にたくさんの美女が取り巻いています。しかし最近は、なんでも簡単に手に入る享《きょう》楽《らく》的な生活に飽き、一抹の物足りなさを感じているようです。

ここから語られますのは、三人の魅力的な王子たちが織り成す恋の物語です。

まずは、第一王子のお話から——。

★第一夜★

ピィ————————ッ。

上空を旋回《せんかい》していた鷹《たか》が、空を切り裂くような高い鳴き声を発した。

異変を知らせるその声に、第一王子は馬に鞭《むち》をくれ、彼の鷹が旋回し続ける砂漠の一点へと走らせる。先頭を走る王子を、従者の二頭の馬が追いかけた。

やがて、広大な砂の地に、ぽつりと小さな黒い影が見えてくる。愛馬の速度を緩めた王子は、砂地に俯《うつぶ》せに倒れ込んでいる男の周りをゆっくりと回った。手綱《たづな》を引いて馬を止めると、頭上で旋回していた鷹が羽を大きく広げ、王子の片腕にふわりと舞い降りる。

「行き倒れか……」

馬も駱駝《らくだ》も使わずに熱砂の海を横断しようとは、とんだうつけ者だが、愚行の代償を命で支払うには男はまだ若かった。末の王子とそう変わらない年頃に見える。いや、下手をするともっと若いだろう。

どこか異国の血が混じっているのか、髪の色は薄く、肌も白い。薄汚れてはいるが、その横顔はすっきりと整っていた。

「葬《ほうむ》ってやれ」

そう従者に告げて馬ごと身を翻《ひるがえ》しかけた時、砂に塗《まみ》れた男がぴくりと身じろいだ。

「待て——」

馬を降りて亡骸に手をかけようとしていた従者を止める。行き倒れ男の手が、砂を摑んでゆるゆると動くのを確かめ、王子はつぶやいた。

「まだ生きている」

「いかがいたしますか？　王子」

「打ち捨ててもおけぬだろう。連れて戻れ」

☆　☆　☆

目を覚ました時、まず目に入ったのは、幾重にも重なる薄布に覆われた天蓋《てんがい》だった。

両目を瞬かせ、寝台の上でゆっくりと身を起こしたところで声がかかる。

「目覚めたか」

声が聞こえた方角に視線を向けると、黒のトウブに長身を包み、やはり黒のローブを羽織った男と目が合った。長椅子にゆったりと腰掛けている男は、黒曜石のような黒い瞳を持っていた。

肌は陽に灼けた鞣《なめ》し革のように浅黒く、黒髪は砂の風紋のごとく波打っている。独特なオーラを纏う美しい男だ。

「ここは……どこ？」

掠れた声の問いに、男が長椅子から立ち上がり、寝台まで歩み寄ってきた。近くで見ると見上げるほどに背が高い。

「王宮の中の、俺の後宮だ」

王宮？　俺の……ということは、この男は王？

（こんなに若い男が——王？）

「おまえが砂漠で行き倒れているのを、俺の鷹が見つけたんだ。まだ息があったので連れ帰ってきた」

「………」

「名はなんという？　なぜあんなところで倒れていた？　あのあたり一帯はベドウィンですら滅《めっ》多《た》に近づかない死の砂地だぞ」

矢継ぎ早の詰問《きつもん》に、のろのろと首を振った。

「わかりません。……なにも覚えていないんです」

「覚えていない？　記憶がないということか？」

うなずいた刹那《せつな》、男がくっきりと濃い眉をひそめる。鷹のような鋭い眼光で見下ろされた。

「………」

目を逸《そ》らしたい衝動を堪《こら》え、威圧的な眼差《まなざ》しを受けとめていると、男が組んでいた腕を不意に解いた。

「ユキ」

「はい」

その応答で初めて、部屋の隅に従者が控えていたことに気がつく。

「湯浴《ゆあ》みをさせてやれ。衣類を着替えさせてから、もう一度俺のところへ連れてこい」

☆　☆　☆

ユキと呼ばれた従者に石でできた円形の浴場まで連れて行かれ、お湯と石鹸を贅沢《ぜいたく》に使って、余すところなく全身を洗われた。そのあとで、甘い香りのするオイルを塗り込まれる。

こんなにたくさんのお湯を見るのも、誰かに体を洗われるのも、香油を体に塗るのも、なにもかもが初めての経験だった。

「あの……先程の黒衣の御方は、どなたなんですか？」

真新しいトウブを持ってきたユキに問う。

「第一王子のタカシ様です。もっとも、もうじき病で亡くなられた先王の跡を継がれ、王になりますが」

「先王の跡を……」

「次の満月の夜に、王位継承の儀式が行われる予定です」

「…………」

トウブを着せられ、頭部に白いカフィーヤを被《かぶ》せられ、くるりと反転させられた。ユキがしんと冷えた闇夜のような瞳でじっと見つめてくる。

「今夜、おそらく王子はあなたに夜伽《よとぎ》を申しつけるでしょう。なにをされても逆らってはなりません。あなたが従順にさえしていれば、王子も無体はなさいますまい」

「夜伽……？」

「王子に救われた命です。王子の一夜の慰みのために身を差し出し、ご奉仕するのは当然のこと。くれぐれも逆らうことのないように。よろしいですね」

静かだが有無を言わせぬ声音で言い含められる。言葉を失っている間に数人の従者に取り囲まれ、ふたたび先程の部屋へと連れ戻された。

天蓋付きの巨大な寝台で身を固くして第一王子を待つこと半日。

とっぷりと日が暮れた頃に漸《ようや》く姿を現した王子は、寝台に近づいてくるなり、無言で身を横たえてきた。寝台が王子の重みでギシッと沈み、びくんと体が跳ねる。

夜伽をしろと言い含められたが、経験がないのでどうすればいいかわからず、王子の傍《かたわ》らで息をひそめていると、不意に低い声が言った。

「怯えるな」

目を閉じた王子が「……なにもしない」とつぶやく。その横顔を盗み見た。とても疲れているようだ。

「大方ユキに夜伽をしろとでも言い含められたんだろう。あれは父が寵愛《ちょうあい》した奴隷でな。賢く有能なので、父亡きあとは俺が引き取ったんだが、やや気を回しすぎるきらいがある」

「……しなくていいんですか」

目蓋《まぶた》が持ち上がり、黒い瞳がこちらを見た。

「したければするがいい。止めはしない」

あわてて首を横に振る。

「したくないです」

王子が唇の端でふっと笑った。

「はっきりとものを言う。俺が怖くはないのか？」

しばらく考えてから、もう一度首を振る。

「いいえ……怖くはありません」

それは本心だった。

普通の人間とは異なる圧倒的なオーラを感じるけれど、怖くはない。

「変わったやつだ。……父の跡を継ぐと決まった時から、みな俺を畏《おそ》れるようになった。遠巻きに眺めるばかりで、近づく者はいなくなった」

忌ま忌ましげな低音を耳に、訝《いぶか》しく思う。

こんなにも立派で雄々しく、権力もあるのに……この人は孤独なのだろうか。

「あの……では……俺はどうすればよいのでしょうか？」

「ただ、傍らにいろ。それだけでいい」

側にいろ？　それだけ？

王子の命令に戸惑いつつも、強ばっていた体から力が抜ける。

緊張の糸が切れたせいか、じっとしているうちに、だんだん眠くなってきた。目蓋が重くなり、全身がぐんにゃりと弛緩《しかん》して——気がつくと王子の傍らで丸くなっていた。うとうとしていると、腕が伸びてきて、大きな手で髪をくしゃりと掻き混ぜられる。

「子猫《フライラ》みたいなやつだな」

「…………」

「名が無いのは不便だ。おまえのことはフライラと呼ぼう」

☆　☆　☆

「フライラ」

それからは、日に何度もその名で呼ばれ、そのたびに王子のもとへと駆け寄った。

朝は寝台で共に目覚め、祈りを捧げ、食事をする。

日中は二頭の馬で砂漠を駆ける。

夜もまた、王子の側で眠った。

穏やかで満ち足りた日々は飛ぶように過ぎ、第一王子が王位を継ぐ儀式の日が刻々と近づいてきていた。

☆　☆　☆

「フライラ……なにを見ている？」

黄金で縁取られた馬蹄《ばてい》形の窓枠に手をつき、天空を見上げていると声がかかった。

「月です。もうすぐ満ちます」

「……満月まであと二晩だ」

あと二晩で、第一王子は王になる。

そうなったら、いまのような自由はなくなり、自分と過ごす時間も減るだろう。

窓枠から離れ、寝台にゆっくりと近づく。寝台に横たわっている王子は両目を閉じていた。

彫りの深い貌をしばらく見下ろしてから、小さな声で「王子？」と呼びかける。返事はなかった。眠っているようだ。

早鐘を打つ心臓を宥《なだ》めつつ、寝台の側の衣装箱の蓋を持ち上げる。折り重なった衣装の下からジャンビーアを取り出し、両手で柄を握った。寝台で眠る王子の傍らに立ち、大きく振り上げる。

だが、ジャンビーアを握った手を……どうしても振り下ろすことができない。振り被った両腕がぶるぶると震えた。

「フライラ」

不意に呼ばれて、全身が大きく揺れる。目を閉じたままの王子が静かに片手を持ち上げ、自分の左胸を指先でトントンと叩いた。

「突くならば、心臓はここだ」

「……っ」

両手から短刀が滑り落ち、カンッと音を立てて石の床に落下する。がくりと膝が折れた。床に膝をつき、喉の奥から掠れた声を出す。

「気がついて……いらっしゃったのですか？」

「おまえがジャンビーアを隠し持っていると、ユキが知らせてくれた」

両目を開いた王子が上体を起こし、黒い瞳でまっすぐと見据えてきた。

「なぜだ？　なぜ俺を殺そうとする」

「貴方《あなた》に恨みはない。けれど俺は、部族の無念を晴らさねばならないのです」

「記憶がないというのは嘘だな？」

確認され、観念したように「はい」とうなずく。

「貴方の父上を討つために、長い旅をしてきました。けれどあともう少しというところで力尽きた。行き倒れの身を、王の息子である貴方に拾われるとは、なんという運命の皮肉でしょう」

「おまえは？」

「貴方の父上の兵が滅ぼしたベドウィンの部族の生き残りです。隣国へ攻め入る王の軍と運悪く鉢合わせし、闘いに巻き込まれた。父母も兄たちも……血を分けた者はすべて殺されました。兄弟の中で一番年若かった俺だけが両親に逃がされて……生き残りました」

言葉を詰まらせ、唇をきつく噛み締める。

「ただひとり残った俺は、王を討つことだけを心の支えに生きてきた。なのに、漸《ようや》く領地に辿り着いてみれば、討つべき相手はすでにこの世にいなかった。目標を失った俺を、貴方は『猫《フライラ》』として飼った。貴方の飼い猫として過ごすうちに、心の闇が薄らぐような気がした。けれど、部族を滅ぼした男の息子のもとで安穏と暮らす俺を、毎夜夢の中で父母や兄たちが責める。なにをしているんだ。なぜ早く敵を討たないのか、と」

夢を思い出し、顔が激しく歪む。

「貴方の命を絶ち、一矢《いっし》報いたあとは……自分も死ぬつもりでした」

「なぜ躊躇《ためら》った？　二度と機会はないぞ」

「わかっています。でも……できなかった。どうしても……貴方を傷つけることはできない」

いつしか涙が頬を伝っていた。

「なぜだ」

「なぜなら……俺は……」

「言え。なぜだ？」

繰り返し言及され、苦しい胸のうちを白状させられる。

「貴方を……愛してしまったから……です」

一瞬の沈黙ののちに、静かな声が問いかけた。

「フライラ。本当の名をなんという？」

「……ハルカ」

「ハルカ……いい名だ」

噛み締めるようなつぶやきのあとで、王子の手が顎《あご》にかかる。ゆっくりと持ち上げられ、目と目が合った。

「その夢は、おまえの罪の意識が見せているものだ。亡くなったおまえの親族の誰も、おまえに生き延びて欲しいと願いこそすれ、自死など望んではおるまい」

「………」

「よいか、よく聞け。部族の無念に取り憑《つ》かれたおまえは砂漠で力尽き、死んだ。その亡骸を俺に拾われ、いま一度生き返ったのだ。俺のフライラとして蘇《よみがえ》った」

深い低音を紡いだ王子が、真摯《しんし》な表情で語りかけた。

「新たに得たおまえの生を、俺に捧げてはくれぬか」

「……っ」

仮にも次期王を討とうとしたのだ。その報いとして、死罪を覚悟しての告白だったのに……。

聞き間違いかと耳を疑ったが、王子の瞳は真剣だった。

「頼む……側にいてくれ。生涯、離れずに」

「王子……いいえ……我が王」

石の床に跪《ひざまず》き、こうべを垂れ、わななく唇で誓う。

「全身全霊を捧げてお仕えいたします」

「ハルカ」

微笑んだ第一王子が、ゆっくりと身を屈めてくちづけてきた。

★第二夜★

「王子——お待ちください、王子！」

凪にカフィーヤをなびかせて疾走する第二王子の白馬を、護衛長の黒馬が追いかける。ほどなく黒馬が追いつき、二頭が並んだ。

王宮ではもはや日常とも言える見慣れた光景だ。

門衛があわてて開いた城門を駆け抜けたあとも、ぴったりと息の合った併走は続く。王子の馬が速度を緩めたのは、バザールで賑《にぎ》わう旧市街地を抜け、草原へ辿り着いた頃だった。

馬上からひらりと地上へ降り立った王子が手綱を離すと、白馬は草原をゆったりと駆けていく。

護衛長もまた馬を降り、愛馬を放った。自由になった黒馬が喜び勇んで白馬に駆け寄り、対照的な毛色の二頭の馬は、じゃれ合うように草原を駆け回り始める。

草の上にどっかりと胡座《あぐら》を掻いた王子が、仲睦まじい二頭の姿を目で追いながら、背後に立つ護衛長を呼んだ。

「リョウ」

「はい——王子」

「おまえのライルは、俺のサルジがお気に入りだな」

「……そうですね。兄弟のように仲がいい」

護衛長の返答に王子が目を細める。

「兄弟のように、か。……かつては俺たちもそうだった」

護衛長のリョウの母が、第二王子の乳母であったことから、ふたりは兄弟同然に育った。年齢も同じで、同じ乳母の乳を飲み、同じ寝台で眠った。共に馬を走らせ、剣を交えた。タツヤにとってリョウは、唯一無二の友であり、よきライバルでもあった。

しかし長じるにつれて、ふたりの身分の差が否応もなく明らかになり始める。

はじめに一線を引いたのはリョウのほうだった。それまで呼び捨てにしていたのを「王子」と呼び改め、決して横に並ばなくなった。常に一歩下がり、いつしか影のように付き従うようになった乳兄弟に、王子は歯がゆさを覚えた。だが、その苛立ちをどんなにぶつけても、リョウは慇《いん》懃《ぎん》な態度を崩すことはなかった。

「おまえが俺に対してばか丁寧な物言いをするようになるまではな」

「私はただ単に王子への敬意を示しているだけです」

「ふたりだけの時まで、畏《かしこ》まる必要はない。タツヤでいいと言っているだろう」

これまで数限りなく繰り返したやりとりに、今日もまた寡黙《かもく》な側近は首を横に振るばかりだ。

「そうはまいりません。これはケジメですから」

「堅物め……」

不機嫌そうに吐き捨て、しばらく憮然《ぶぜん》とした面持ちで目の前の草を毟《むし》っていた王子が、ぽつりとつぶやく。

「それで……婚姻の儀式はいつ執り行うんだ？」

「第一王子のタカシ様が王位をお継ぎになる満月の、翌晩の予定です」

「……そうか」

リョウに縁談が持ち上がったのは、つい最近のことだ。花嫁は国境近くに一大勢力を持つベドウィンのシェイクの娘で、血族の後ろ盾のないリョウにとっては、願ってもない縁組みということになる。

祝福しなければならないことはわかっていた。

実の母を十歳の時に亡くして以降、ずっと天涯孤独だった幼なじみが家族を持つのだ。

彼の乳兄弟として、また主人として、できうる限りの祝儀の品を贈り、盛大に祝ってやらねばならない。

頭ではそうわかっているのに……。

側近に裏切られたような気鬱《きうつ》をどうしても振り払えない。

なぜ、裏切られたなどと思うのか。おのれの心の狭量《きょうりょう》さに、いっそうの苛立ちが募る。

眉根をきつく寄せた王子は、毟った草を打ち捨て、すっくと立ち上がった。指笛でピーッと愛馬を呼ぶ。駆けてきた白馬にひらりと飛び乗った。

「王子？　どこへ行かれるのです？」

リョウの問いかけを無視して、愛馬の腹を足で圧迫する。馬が駆け出した。

「お待ちください、王子！」

焦燥《しょうそう》を帯びた声を放ったリョウが、黒馬を呼び寄せ、手綱を引く。

だが、乳兄弟を待つことなく、王子は馬を走らせた。

目指す先は砂漠だ。無性に、砂漠が見たかった。

それに気がついたのだろう。背後から切迫した声が飛んできた。

「砂漠は危険です！　王子！」

☆　☆　☆

横殴りの砂。砂。砂。舞い上がる砂塵で少し先も見えない。

激しく吹き荒れ、びょうびょうと鳴る風の音を耳に、王子はひとりごちた。

「すごい砂嵐だな……」

リョウの警告を無視して灼熱の砂地へ駆け込んだ王子は、むしゃくしゃする気分に掻き立てられるがままに馬を走らせた。ほどなくして、地平線の向こうに巨大な竜巻が見えた。

『……っ』

いままで見たことのない大きさの竜巻に怯んでいると、後ろから『王子！』と声がかかった。追ってきたリョウだった。

『砂嵐が来ます！　こちらへ！』

リョウの声に誘導され、愛馬もろとも岩陰に隠れると同時に突風が吹き始め、たちどころに視界が閉ざされた。岩陰に身を伏せて砂塵を避け、待つこと半時。しかし砂嵐はいっこうに過ぎ去らず、万が一に備えて岩場の洞窟に避難することにしたのだ。

「収まるまでは時がかかるやもしれません。砂嵐は一昼夜続くこともありますから」

背後からの言葉に振り向き、黒衣に身を包んだリョウを見つめる。静かに見つめ返してくる切れ長の双眸から、王子はじわじわと視線を落とした。

「……すまない」

自分の無謀《むぼう》な行いの、とばっちりを受けた男に謝る。

「王子、顔を上げてください」

「おまえの制止を振り切って……結局このザマだ。おまえまで巻き込んでしまった」

「謝罪の必要はございません。いついかなる時も、忠誠を誓った貴方と共にあるのが、私の使命であり、喜びでもありますから」

振り上げた視線の先に、夜の砂漠のごとく静かな瞳がある。

諦念を湛《たた》えたリョウの目を見た刹那、いったんは治まっていたはずの苛立ちがふたたび込み上げてきた。

いついかなる時もリョウは自分を責めない。

どんなわがままにも、理不尽な命令にも、抗《あらが》わずに従う。

黙ってすべてを受け入れてしまう。底のない砂地のように。

その寛容さ、鷹揚《おうよう》さが、自分には腹立たしいのだ。

こうして向かい合っていても、彼が同じ場所には立っていないような錯覚に囚われる。

ある時期から、リョウは自分と肩を並べることをやめて、ひとり階段を降りてしまった。

無表情の仮面の下に感情を押し込め、本心を見せなくなった。

もう何年も……笑顔を見ていない。

「……俺の言葉には絶対に服従すると？」

なにを考えているのか、感情の読み取れない端整な貌を、王子は挑むように睨みつけた。

「どのような命令でも従うというのか」

リョウがこうべを垂れる。

「仰《おお》せのとおりに」

「ならば……婚儀を取りやめろ」

黒衣に包まれたリョウの肩がぴくりと揺れた。伏せた顔を振り上げる。

「王子？」

その目が驚愕に見開かれているのを見て、胸がつきりと痛んだ。

さすがに理不尽が過ぎた。

おのれの子供じみた言動に腹が立ち、ふいっと顔を背ける。

「戯《ざ》れ言だ。本気にするな」

「……王子」

「おまえの祝言《しゅうげん》には、花嫁の父親が驚くような祝儀の品を贈ってやる」

低く吐き出すように告げると、岩場にどかっと腰を下ろす。王子はこれ以上の会話を拒むように目を閉じた。

☆　☆　☆

砂嵐は半日以上続き、陽が沈んだ砂漠はすっかり闇に包まれていた。視界は完全に漆黒の闇に閉ざされたが、まだ風は止まず、風の音も鳴り止まない。

夜になって、洞窟の中はぐっと気温が下がった。この地で生まれ育ったとはいえ、王宮育ちの王子は、砂漠で一夜を過ごした経験がない。

闇に包まれる前に、洞窟の奥から枯れ木を掻き集め、リョウが火を起こしてくれたが、冷え切った体があたたまるほどではなく、その火もいつまで保つかわからなかった。

しかしこれは、自分が引き起こした事態だ。

寒いとは死んでも口にできず、小刻みに震える体を両手で抱き締める王子の背に、ふわりとローブが覆い被さった。振り返った王子は、トウブ一枚になったリョウに、「おまえだって寒いだろう」と言った。

「私は大丈夫です」

王子の懸念を、リョウがあっさりと否定する。そうしてそれ以上のやりとりを回避するように、「それより」と話を変えた。

「喉が渇いているのではありませんか。どうぞお飲みください」

駱駝の胃袋でできた水筒を差し出され、王子は首を横に振る。

「俺はさっき飲んだ。おまえこそ喉が渇いているはずだ。飲め」

「私は大丈夫です」

リョウが先程と同じ言葉を繰り返した。だが今度こそ、誤魔化されるわけにはいかない。

「嘘をつけ。ここに来てから一滴も水を飲んでいないくせに」

「私のことはお気になさらず、どうか飲んでください」

おそらくは最後までそう言い張り、拒み続け、自分のために犠牲となって死んでいく。

そういう男なのだ。

胸の奥が切なく疼《うず》く。ひりひりと痛む。

リョウの縁談を知ってから、自分はずっとおかしい。

心が充《み》たされず、苛立ってばかりだ。

「王子、どうか」

懇願するような声に苛立ちが増し、気がつくと王子は、リョウの手から水筒を奪い取っていた。水筒の水を口の中に注ぎ入れ、もう片方の手でリョウの首をぐっと引き寄せる。

「おう……じ？」

不意を衝《つ》かれたリョウの唇に唇を押しつけた。唇をむりやりこじ開け、含んでいた水をリョウの口の中に流し込む。その間リョウは、王子の予想外の行動に魂《たましい》を抜かれでもしたように身を強ばらせていた。

水をすべて流し込んだあとも、唇を押しつけ続ける。離れたくなかった。離したくなかった。重なり合った唇が徐々に熱を持ち、やがてリョウの喉がごくりと鳴る。それまでは微動《びどう》だにしなかったリョウの手が、ゆっくりと王子の背中に回ってきた。大きな手のひらを感じた一瞬後、掻き抱くように強く抱き締められる。

「………っ」

ほぼ同時に激しく唇を奪われた。唇を割って口の中に入り込んできた舌が、王子の舌に絡みつき、搦《から》め捕《と》る。長く秘めていた激情を解き放つかのように熱っぽく掻き回す。吐息と唾液が混じり合い、唇の端から零れて喉を濡らした。

「……う、んっ……ん」

常に冷静な男のものとは思えない荒々しいくちづけに翻弄されながら、王子の胸中を占めているのは、間違いなく歓喜だった。

自分が長く求めていたのはこれだったのだ。欲しかったのは忠誠なんかじゃなかった。こんなふうに奪って欲しかったのだ。ずっと……。

王子もリョウの背中に腕を回し、きつくその身を抱き締め返した。

熱に浮かされたみたいに唇を重ねては離し、離してはどちらからともなく求め合い——どれだけの時間、そうしていたのか。

「……ふ……っ」

嵐のような衝動が漸く鎮まり、唇を離す。

「……リョウ」

王子がくちづけの余韻に酔った甘い声で名を呼ぶと、リョウははっと両目を見開いた。みるみるその顔が引き攣る。

「リョウ？」

「私は……なんということを……っ」

唇がわななき、悲痛なつぶやきが零《こぼ》れ落ちた。リョウが王子の肩を摑んで引き剝《は》がし、苦しい声で謝罪する。

「申し訳ございません！……身の程をわきまえずに不埒《ふらち》な振る舞いをしました」

幸福の絶頂から突き落とされた気分で、王子は表情を強ばらせた。

「いかなる処罰も甘んじて受け入れます。いまこの場で処刑してくださっても構いません」

「――リョウ」

「亡骸は砂漠に打ち捨ててくだされればいずれ砂に還《かえ》るでしょう。どうか」

「リョウ！」

王子の大きな声に、リョウの肩が揺れる。

「俺が聞きたいのは、そんな言葉じゃない」

「王子……私は……」

狼狽《ろうばい》に歪む顔を、王子は睨みつけた。

「逃げるな。本当のことを言え。俺が知りたいのはおまえの本心だ。先程おまえが垣間見《かいまみ》せてくれたような、本当の気持ちだ」

「貴方は……大切な……大切な王子です。この命に代えても一生守り抜くと亡き母に誓った……私の宝です」

追い詰められた男が、掠れた声を切々と紡ぐ。しかし王子は容赦しなかった。

「俺が欲しくないのか」

ぴくっと眉尻を動かしたリョウが、両の拳《こぶし》をぎゅっと握り締める。

「私は……」

「欲しくないのか」

繰り返しの追及の声に、リョウがくっきりと眉間に皺を寄せた。苦悩の表情で王子を見つめる。

王子もまっすぐ見つめ返した。

「………」

リョウの唇が開く。だが声を発しないままに閉じた。王子は待った。友であり、乳兄弟であり、腹心の部下でもある男が、目の前に立ち塞がる大きな砂丘を乗り越えるのを。

もう一度唇が開く。唇を震わせたリョウが、ついに喘ぐような声を発した。

「……欲しい」

その言葉を発した直後、リョウの顔に変化が起こった。苦悩と懊悩《おうのう》、背徳心、様々な葛藤から解き放たれ、すっきりと澄み渡った表情。

「貴方を愛している」

そう告げる黒い瞳には、もはや迷いはなかった。

長く待ちわびていた告白に、王子はうっとりと微笑んだ。

「俺もだ」

「王子」

身を寄せてきた男とふたたび固く抱き合う。

「あたためてくれ……リョウ」

いつしかひとつとなったふたりのシルエットは、砂嵐が吹き荒れる最中、二度と離れることはなかった。

☆　☆　☆

翌朝には一晩吹き荒れた砂嵐も収まった。それぞれの愛馬に跨《また》がり、王宮へと戻る道すがら、王子は傍らの男に話しかけた。

「リョウ」

「はい」

「婚儀を取りやめろ」

頭ごなしの命令に動じることなく、リョウが口を開く。

「……国境に近い部族との繋がりを強固にすることがこの国のため、ひいては貴方のためと思い、婚姻の申し出を受け入れましたが……」

いま初めてリョウの婚約の理由《わけ》を知った王子は、驚きに両目を瞠った。

「戻り次第、ただちにシェイクに断りと謝罪を入れます」

その回答に内心でほっと安堵の息を吐きながら、王子はぶっきらぼうに告げる。

「一生ひとりでいろ。俺も生涯妻《めと》は娶らん」

「御意《ぎょい》」

数年ぶりの笑みを見せ、リョウが幸せそうにうなずいた。

「仰《おお》せのとおりに」

★第三夜★

第一王子の王位継承の儀式が近づいたある日のこと。

異国との交易を営む商人のキャラバンが王国に立ち寄った。

隣国へ商品を届ける途中だという異国人の商人は、王族の一部と家臣が集まる謁見《えっけん》の間にて、王国内に滞在したい旨を告げ、第一王子に許可を願い出た。

「長旅で、駱駝《らくだ》にもキャラバンにも疲れが出ております。ひとときの休息を与えたいのですが、お許しいただけますでしょうか」

「よろしい。滞在の許可を与えよう」

商人の申し出を受け入れた第一王子は、「ただし」と、ひとつ条件をつけた。

「近く王位継承の儀式が執り行われるが、この儀式には異国の者は参加できないしきたりになっておる」

「承知いたしました。では儀式の執り行われる前日に出立いたします」

にこやかに応じた商人が、天蓋付きの長椅子に座す第一王子の前に跪く。片手を心臓に添え、深くこうべを垂れた。

「殿下の寛大なお心に感謝いたします。こちらにご用意しましたものは、ささやかながら私どもの感謝の気持ちでございます。どうかお収めくださいますよう」

商人の合図で、背後に控えていた数人の従者が、異国の果物やスパイス、お茶、絹の織物、籠《かご》に入った小鳥などを捧げ持ち、第一王子の前へと進み出た。

「初めて目にするようなめずらしいものばかりだ。東洋から仕入れたものか？」

第一王子の問いに商人が、「左様《さよう》でございます。私どもはシルクロードを経由してまいりました」と答える。

「おお、シルクロードを……どうりで美しい絹織物でございますな」

「これはこれは……かわいらしい小鳥だ。くちばしが赤くて羽が白い」

「なんとも甘い香りがする果物だ」

謁見の間に居合わせた家臣たちはみな、シルクロードを渡ってきた貢ぎ物を取り囲み、口々に感嘆の声をあげた。だが第三王子だけはそれらに見向きもしなかった。玉座から少し離れた場所に設《しつら》えられた長椅子に寄りかかる彼は、ある一点を食い入るように凝視していた。

第三王子が一心に見つめていたのは、異国の商人の後方で項垂《うなだ》れ気味に顔を伏せるひとりの奴隷だった。純白のトウブという他の従者と変わらぬ衣装を纏っているが、男が奴隷であることは一目でわかる。左の足首に鎖付きの枷《かせ》がついていたからだ。長い鉄の鎖は、彼の横の屈強な男の腰に繋がれている。

あまりに長く見つめ続けていたせいか。視線を感じたらしい奴隷が面《おもて》を上げ、第三王子を見た。

「………っ」

目が合った瞬間、まるで雷《いかずち》に打たれでもしたかのように、王子の全身にびりりと衝撃が走る。けぶるようなまつげに縁取られた杏《あんず》型の双眸。白く透き通った肌。細い鼻梁《びりょう》。ほんのり色づく唇。

東洋の血を濃く受け継いでいると思われる奴隷は、いままで見た誰よりも美しく……あらゆる美女を腕に抱き、この世の享楽に倦《う》んでいたはずの王子の心すら揺さぶった。

なんと美しい。

その美貌に魅入《みい》られた王子がうっとり見つめると、眩しそうに両目を瞬かせた奴隷はふたたび顔を伏せる。そうして二度と面を上げなかった。

しかし王子の眼裏《まなうら》には彼の残像が焼きついたままで、以後消えることはなかった。

☆　☆　☆

「——待て。話がある」

翌日の昼過ぎ、回廊が取り囲む中庭で異国人の商人を見つけた王子は彼を呼び止めた。

「これは……ユージ様」

振り返った商人が片腕を胸に添え、恭《うやうや》しく一礼する。

「散策させていただいていたのですが、こちらの王宮はどちらも美しいですね。ブルーモザイクのモスクも素晴らしいが、庭園がまた美しい。緑が豊かで噴水には水が溢《あふ》れ、とても砂漠の地とは思えません」

異国を渡り歩く商人に王宮を誉められて悪い気はしなかったが、王子には彼と世間話をする気持ちの余裕はなかった。お付きの護衛を下がらせ、急く心のままに切り出す。

「あんたが連れている奴隷だが、あれはどういった素性の者なんだ？」

「奴隷……と申しますと？」

「塩の結晶のような肌色をした東洋系の奴隷だ」

「ああ――カズミのことですね」

「カズミというのか」

「ええ。それにしてもさすがにお目が高い。実を申しますとあれは、とある亡国の王族の遺児なのです」

「王族の……遺児？」

「世が世なら『皇子』と呼ばれてもおかしくない血筋の持ち主です。しかし不幸にも国が滅び、彼は家族と母国を失いました。出奔《しゅっぽん》の途中でならず者に捕まり、奴隷市で競《せ》りにかけられていたのを私が買い取ったのです」

「そうだったのか」

その出自もうなずける。ただそこにいるだけで、匂い立つような気品と艶《つや》があったからだ。

だからこそ彼から目が離せなかった。

ますます心惹かれるものを感じた王子は、早速商人に交渉を持ちかけた。

「あの奴隷を俺に譲《ゆず》ってくれないか。代金はあんたの望むだけいくらでも払う」

必死な面持ちで言い募る王子に、商人が複雑な表情をする。

「せっかくのお申し出ですが、あれの引き取り手はすでに決まっております」

「決まっている？」

「あれは隣国の王への貢ぎものなのです。東洋の血を引く男の奴隷を見つけてこいという王の命を受け、長きにわたり、条件に見合う奴隷を探していたのです。なかなか王のおめがねに適《かな》う奴隷は見つかりませんでしたが、ついに巡り会うことができました。美貌と気品を兼ね備えたあれならば、必ずや王に喜んでいただけるものと確信しております」

「隣国の王の……そうなのか」

王子の唇から深い嘆息が零れ落ちた。その美しい貌に落胆の色をありありと浮かべる王子を、気の毒そうな眼差しで眺めていた商人が口を開く。

「あれほどの奴隷となると、そう簡単には見つかりませんが……。もしよろしければ、別の東洋系の奴隷をお探しいたしましょうか？」

商人の申し出に、王子は緩慢《かんまん》にかぶりを振った。

「いや……あの奴隷でなければ意味がない」

☆　☆　☆

手に入らないとなると、余計に欲しくなるのが人の性《さが》というものだ。

以来王子は寝ても覚めても美しい奴隷のことばかりを考えて過ごした。

周りにはべらせていた美女も遠ざけ、日がな一日カズミのことを考えて暮らす。

日に一度、彼が散歩に出ることを知ってからは、庭園で待ち伏せ、その姿を遠目に眺めた。

彼の傍らには常に屈強な見張りがいたし、奔放で知られる王子とて、隣国の王のものを横取りすれば戦の火種になることくらいは心得ている。隣国も大国だ。自分の欲望のために、祖国を存亡の危機に立たせるわけにはいかない。

第三王子らしからぬ、ただ見守ることしかできない日々が続いた。

その切ない想いの名を『恋』と知らないままに、時は無情に過ぎていく——。

☆　☆　☆

深夜——今夜も寝つけずに寝台で悶々《もんもん》と寝返りを打っていた第三王子は、ついに我慢できずに起き上がった。

「えぇい！　俺らしくもない！」

闇に向かって吠えるなり、寝台から床に降り立ち、ローブを羽織って寝室を出る。次の間に控えていた護衛には、「ついてくるな」と命じ、宮殿をひとり足早に歩き出した。

明日の昼にはキャラバンは隣国へ発《た》ってしまう。そうなったら二度とあの奴隷とは会えないのだ。自分のものにならないのなら、せめて一夜の想いを遂げたい。一度でいいから、あの細い体をこの腕に抱きたい。

抑え切れない情動に駆り立てられ、王子はキャラバンが天幕を張る庭園の一角へと急いだ。

やがて白い天幕が見えてきた。闇の中にぽつり、ぽつりと浮かぶ複数の天幕の中でも、隊長である商人が寝泊まりするそれはひときわ大きい。カズミが商人と共に寝起きしているのは知っていたので、まっすぐに一番大きな天幕を目指した。

シンと静まり返った天幕の前に立つ。

この中に彼がいる。……今夜しかない。

意を決して王子が入り口の垂れ幕に手をかけた——刹那、後ろから腕を掴まれた。抗う間もなく腕を引かれ、重なり合った樹木の暗がりへと引き込まれる。

「誰だ……なにをす……！」

「しっ……お静かに。みなが起きます」

ひそめた声の主は異国人の商人だった。体を向き合わされ、「王子」と語りかけられる。

「カズミに会いに忍んで来られたのですね。あれが隣国の王への貢ぎものだということは、すでにご了承いただいたはずですが」

諭《さと》すような物言いに、王子はカッと顔を紅潮させた。

「それはわかっている。だけど俺は……っ」

行き場のない激情を持て余し、唇をわななかせる王子を、商人が黙って見つめる。

「どうしても……あの奴隷を手に入れたいですか？」

低い問いかけに、王子は思い詰めた表情で首肯《しゅこう》した。

「欲しい。……どうしても欲しい。あの奴隷のことを考えて夜も眠れない」

商人が「わかりました」とつぶやく。

「ならば取引をしましょう」

「取引？」

「私が欲しいものをあなたが調達してくださるなら、引き替えにあの奴隷を差し上げてもいい」

「それは本当か？」

とっさに疑わしげな声を出した王子は、目の前の真剣な表情をまじまじと見つめ、どうやら相手が本気らしいと覚《さと》った。ごくりと喉を鳴らし、勢い込んで尋ねる。

「おまえの欲しいものとはなんだ？」

「王子——耳をお貸しください」

言われたとおりに片耳を差し出すと、上体を屈めた商人がひそひそと囁いてきた。

☆　☆　☆

「おまえの欲しいものは確かに渡した。これであの奴隷は俺のものだな？」

第三王子の確認の言葉に、異国人の商人はにっこりと微笑んだ。

「取引は成立です。足枷の鍵をお渡ししましょう」

渡された鍵を大事そうに握り締めた王子が、気がかりな面持ちで商人を見る。

「こんなふうに隣国の王の意に背いてしまって、おまえは大丈夫なのか？　希望どおりの奴隷が見つかったことは、もう王の耳にも届いているのだろう？」

「そうですね。……仕方がありませんので、奴隷は道中はやり病に罹《かか》って死んでしまったことにします。ですからこの件については口外なさいませんようにくれぐれもお願いします。東洋の美しい奴隷の噂が隣国まで伝わりますと、戦の火種になりかねませんから」

「わかっている。誰にも言わないし、そもそもカズミは俺以外の誰の目にも触れさせない」

早速独占欲を剝《む》き出しにする王子に口の端で笑み、商人はローブの懐《ふところ》から小さなガラス瓶を取り出した。

「それから……これを。私からカズミへの餞別《せんべつ》です」

「これはなんだ？」

「媚薬を調合したオイルです。あれの体はまだ初夜の花嫁のごとく無垢なままですので、お使いになられたほうがいいでしょう」

王子にガラス瓶を渡すなり「お幸せに」と告げた商人の姿は、ほどなく闇に溶けて消えた。

☆　☆　☆

商人が立ち去るのを見届けた第三王子は、垂れ幕を捲り、天幕の中に入った。中は薄暗く、天井から下がったランプの明かりだけが唯一の光源だった。何者かの侵入の気配に勘づいてか、ほっそりとしたシルエットが寝床から起き上がる。

「……誰？」

不安そうなその声が、王子が初めて耳にするカズミの声だった。

低からず高からずといった耳に心地よい響き。

天幕の中程まで足を進めてきた王子を見て、カズミが怯えるようにあとずさる。だがすぐ天幕の布に後退を阻《はば》まれた。その隙に大股で距離を詰めた王子は、ようやっと手に入れた愛しい奴隷を万感の想いで見下ろした。

一方、王子を仰ぎ見たカズミは、いつぞやと同じく眩しいものでも見るように双眸を細める。

「お……おまえは？」

カズミが上擦った声で尋ねてきた。

「おまえの主人だ」

「主……人？」

「今夜からおまえは俺のものだ」

「どういうことだ？」

意味がわからないというふうにカズミが眉根を寄せる。

「俺がおまえの身柄を商人から引き受けたんだ。だからおまえは俺のものだ」

る。

「そんな……っ」

困惑に顔を引き攣らせたカズミがふるふると首を左右に振った。その仕草にカッと頭に血が上
これまでの人生で他人から一度も拒まれた経験がなかったことに加え、とりわけカズミに拒絶されたことに傷ついたのだ。

「俺が奪わなければ、おまえは隣国のヒヒジジイのものになっていたんだぞ？　そのほうがよかったのか!?」

思わず大声を出してしまってから、その声にびくっと首を縮めるカズミの姿を見て、たちまち後悔した。

なぜこんな言い方しかできないのだろう。

本当は誰より大切に……やさしくしたいのに……。

自分に自分で苛立ち、奥歯を噛み締めていた王子の視線が、ふとカズミの足首を捉えた。細い足に嵌《は》められた鉄の枷。その足枷から伸びた鎖は、天幕を中心で支える鉄柱に繋がれている。膝を折り、王子は先程商人からもらい受けた鍵でカズミの足枷を外した。

「これでおまえは自由だ」

そう告げても、カズミは不思議そうに床に転がった足枷を見つめて動かない。長らく囚われの身であったせいだろう。解放されたことが、とっさには理解できないようだ。

「かわいそうに……赤くなっている」

ひとりごちて身を屈めた王子は、足枷で擦れて赤くなっている足首にくちづける。

「やっ……」

小さな悲鳴に王子は顔を上げた。まっすぐな眼差しで黒い瞳を射貫《いぬ》く。

「嫌か？」

「………」

「俺のものになるのは嫌か？」

王子の熱い視線から、カズミがすっと目を逸らした。少しの間、唇を噛んで俯いていたが、ほどなくその唇を開く。

「庭で……いつも見ていたな？」

消え入りそうな声の問いかけに、王子は瞠目《どうもく》した。

「知って……いたのか？」

「俺も……見ていたから」

うっすらと頬を染め、カズミが答える。

「ずっと……陽に透ける金の髪が綺麗だと……思ってた」

吐息混じりの囁きに、王子の胸はきゅうっと痛いほどに締めつけられた。全身が火で炙られたみたいに熱くなる。

「カズミ……っ」

気がつくと王子はカズミの細い体を抱きすくめていた。不意を衝かれた唇を唇で塞ぐ。

「ん、ぅ……っ」

思っていたとおりに——いや想像していた以上にカズミの口蓋《こうがい》は甘く、王子は夢中で熱く潤んだ粘膜を貪った。

「んっ……ん、ぅ、ん」

はじめは体を硬直させ、王子のなすがままだったカズミだが、やがておずおずと求めに応じ始める。拙《つたな》く、たどたどしいその舌遣いに、王子は自分でも驚くほど煽られた。

名残惜しげにくちづけを解き、カズミの耳許に唇を寄せる。

「大事にする。一生大切にするから……」

真摯な声で誓いを立てた王子は、腫れ物でも扱うようにそっと華奢《きゃしゃ》な体を絨毯《じゅうたん》に押し倒した。

「本当……に？」

王子の目を見つめ、カズミが確かめてくる。

「本当だ……幸せにする。……だから」

——俺のものになってくれ。

「あっ……」

耳朶《じだ》に緩く歯を立てると、カズミが弱々しい嬌声《きょうせい》をあげた。

それからは必死だった。明らかに色事に免疫がない、ぎこちなくも無垢な体を無我夢中で愛撫する。辛い思いはさせたくない。傷つけたくもない。

少しでもいいから、自分の愛撫で感じて欲しい。

その気持ちは王子にとって、生まれて初めて抱く種類の感情だった。

いままでは、床《とこ》を共にする女が奉仕をし、自分はそれを享受《きょうじゅ》するのが当たり前だったからだ。

トウブを取り去り、露《あらわ》になったなめらかな柔肌を余さず唇と舌で辿る。小さな胸の尖りを舌先でかわいがり、存分に身悶えさせたあとで、王子は商人から渡されたガラス瓶を取り出し、媚薬入りの香油で手のひらを濡らした。すんなりと長い脚を開脚させ、慎み深く窄《すぼ》まったまだ固い蕾に指を宛がう。香油のぬめりを借りて指を差し入れ、中を丹念に解した。

「ふ……あ……あ……いやぁ」

指が中で蠢《うごめ》くたびにくちゅくちゅと水音がするのが恥ずかしいのか、目に涙を浮かべたカズミが、身を捩《よじ》って逃げようとする。しかし王子はそれを許さず、体を固定したまま慎重に指を増やした。

「ん、……う、っん……ッ」

薄く開いた唇から切れ切れの喘ぎを零したカズミが、腰をくねらせ始める。どうやら媚薬が効いてきたようだ。

「気持ちいいか？　感じるか？」

「中が……じんじんして……熱いっ」

覚束ない物言いで訴える男が、どうしようもなく愛おしかった。

「やだぁ……あっ……中が……へ、ん……」

初めて経験する官能に惑い、「変になっちゃう」と泣き声をあげて王子にしがみついてくる。

まるで、自分の存在がただひとつの寄る辺《よるべ》であるかのように。

「怖……い……いやっ」

「痛くはしない。怖くもしない。だから俺に身を任せろ」

宥めるように言い聞かせながら、白い脚を折り曲げた王子は、濡れて光る窄まりに自らの猛りをじわじわと沈めた。

「あぁ……ッ」

カズミが高い悲鳴を放ち、背中を大きく反らす。時間をかけて充分に解したとはいえ、その狭さと締めつけのきつさは想像以上で、王子も眉をひそめた。

「もう少し……我慢しろ」

浅い部分で抽挿《ちゅうそう》を繰り返し、痛みが薄れた頃合いを見計らって、本格的な抜き差しに移行する。

媚薬が効いてきたのか、さほど時を置かず、内襞が複雑に蠢き始め、王子自身に絡みついてくるのがわかった。カズミの性器の先端からも、快感の証である蜜が溢れ出る。

「あっ……はぁ、んっ」

深く差し入れた瞬間、ひときわ高い嬌声が放たれた。中がびくびくと痙攣《けいれん》する。

カズミが感じてくれているのがうれしい。こんな気持ちも初めてだ。

「カズミ……」

唇を唇に重ね、王子は激しい追い上げをかけた。その情熱に応え、カズミもまた甘やかに王子を締めつけてくる。

「……あ……あぁ――ッ」

密着した細い体がびくんと跳ね、王子の腹に白い飛沫が飛んだ。放埒《ほうらつ》の余韻に震えるその体内に、王子も熱い欲望を解き放つ。

「……くっ……」

自分を受けとめ、ぐったりと脱力した愛おしい男の額に王子はやさしくくちづけた。そうして生まれて初めて、愛の言葉を捧げた。

「カズミ……愛してる」

★第四夜★

第三王子と別れたあと、異国人の商人は闇夜に紛れて石畳をひた走った。

目指すは先王の後宮だ。裏門に辿り着くと、第三王子から手に入れた鍵を使って中へ入る。幾重にも置かれた馬蹄形の門をくぐり、回廊を足早に抜け、目的の部屋まで辿り着いた。

美しい透かしレリーフが施された扉をコンコンとノックする。しばらくして、扉越しに訝しげな声が尋ねた。

「どなた様ですか？」

「私です。アルベルトです」

「アルベルト？」

交易商人としてキャラバンを率い、世界各国を渡り歩く生活を続けていたアルベルトが、運命の出会いを果たしたのは、商いの途中で立ち寄ったこの王国での初めての夜のこと。

男子禁制のハーレムに唯一居《きょ》を構える彼――ユキは、先王の寵愛を受けた奴隷だった。先王亡き現在、第一王子の身の回りの世話をしている。

『異国で見聞きしためずらしい話を聞かせて欲しい』

という第一王子の申し出を受け、彼の部屋に赴《おもむ》いた際、王子の傍らにひっそりと佇むユキを見たアルベルトは、一目で劇的な恋に落ちたのだ。

ユキは決して派手な容貌の持ち主ではなかったが、ミステリアスで、不思議な魅力に満ちていた。一見貞淑そうに見えて、立ち居振る舞いから隠し切れない色香が滲み出る。

わけてもアルベルトが魅せられたのは、神秘的な輝きを放つ黒曜石の瞳だった。

好きになれば、相手が男であろうが王の奴隷であろうが、胸に溢れる想いをぶつけずにいられないアルベルトは、翌日早速ユキに求愛した。

だが、どんなに熱く気持ちを伝えても、彼は冷たくつれなかった。空振りを続けているうちに、刻一刻と、第一王子と約束した旅立ちの日は近づいてくる。

ついに……明日。

ここを出て行かねばならない。そうなったらもう二度と会うことは叶わない。

募る焦燥にまんじりともできず、天幕の周りを散策していたところ、同じように恋々《れんれん》と身を焦がす第三王子の姿を見つけたのだ――。

「ここがどこだかおわかりですよね。護衛に見つかったら殺されますよ？」

厳しい声で咎められたが、もちろん覚悟の上だ。

「まだ殺されたくはないので、中に入れてください」

懇願に、ユキはしばらく険しい顔で答えなかったが、やがてふぅとため息を吐き、不承不承といった様子で部屋の中に入れてくれた。

「どうやってここに？」

「それを説明している時間はありません」

急いた口調で告げ、アルベルトはユキの腕を摑んだ。

「夜が明ける前に私と一緒にここから逃げましょう」

「なにをばかなことを……」

「ばかなことじゃない。あなたは王位継承の儀式の夜に施術を受け、宦官《かんがん》とならなければならないのですよ？」

王の寵愛を受けた奴隷は、王の死後は宦官となり、残りの生涯において亡き王に忠誠を捧げ続けなければならない。

恋に落ちて間もなく、この国の無情な『掟《おきて》』を知ったアルベルトは慄然《りつぜん》とした。

愛する人が宦官となり、墓の中の老人に生涯操《みさお》を捧げるなんて冗談じゃない。

そんなことは自分がさせない。絶対に。

命を賭《と》して男子禁制のハーレムに忍び込んだのは、儀式の前にユキを攫《さら》って逃げるためだ。

それにはもう今晩しかない。

気持ちが逸《はや》るアルベルトとは対照的に、ユキは落ち着き払っていた。

「覚悟はできています」

諦念を宿す黒い瞳を、アルベルトは挑むような眼差しで見据える。

「このまま……なにも知らずに一生を終えていいんですか」

ぴくりとユキの肩が揺れた。

「あなたが先王の後宮へ連れてこられたのは、まだ少年の頃だと聞きました。それから長い時間ずっと、あなたはこの王宮の中で暮らしてきた。あなたはとても賢い人ですが、ある意味とても無知だ。外のことをなにも知らない」

敢えてはっきりと断じると、目の前のユキが睨みつけてくる。その勝ち気な視線を揺るぎなく受けとめて、アルベルトは言葉を継いだ。

「王宮の外には広大な世界が広がっています。砂漠の向こうにも、まだあなたの知らない場所や国がたくさんある。海や雪山、樹木が鬱蒼《うっそう》と茂るジャングル。肌の色の違う人間。未知の動物たち。異国の言葉や食べ物――」

「…………」

「それらを見てみたいとは思いませんか」

思案げに眉をひそめるユキに畳みかける。

「このまま一生籠の鳥でいいのですか?」

黒曜石の瞳が逡巡に揺れる。アルベルトは掻き口説くように言った。

「私と一緒に来るならば、教えて差し上げます」

愛しい人の手を取り、白い甲にそっとくちづける。

「あなたに世界を」

くちづけたまま上目遣いに見上げ、甘やかな低音でつけ加えた。

「……恋と快楽も」

★エピローグ★

「王子……キャラバンが……」

月を見ていたハルカの声に誘われ、第一王子は馬蹄形の窓へと歩み寄った。

ハルカの肩越しに地上を見下ろす。

月はほぼ満月に近かった。煌々《こうこう》と光り輝く月明かりの下、連なった商隊《キャラバン》が音もなくゆっくりと砂漠に向かって進むのが見える。

「先頭を行くのは、交易商人の駱駝ですね？」

キャラバンの先頭の駱駝には、その背に並ぶふたつのシルエットが見て取れた。

「商人と共にいるのはユキだな」

会話を交わしている間にも、キャラバンはふたりの視界から遠ざかっていく。

「止めなくてもよろしいのですか？」

「ユキが自らの意志でここを出て行くのなら、止めはしない」

「王子」

「あれが父の奴隷となったのは、まだほんの少年の時分だった。それから長きに亘り、我が王家に忠義を尽くし、よく仕えてくれた。あれを寵愛した父亡きいま、そろそろ自由になってもいいだろう」

深みのある低音で語る王子を振り返り、ハルカは片腕を心臓に添えた。

「これからは俺が、彼の分も精一杯お仕えいたします」

真剣な表情の誓いに、王子がふっと口許に笑みを刷《は》く。腕を摑んで引き寄せたハルカの耳に、艶めいた美声で囁いた。

「まずは夜伽からだ。……寝台へ行くぞ」

★キャスト★

☆第一王子《タカシ》……大城《だいじょう》崇《たかし》
☆行き倒れの青年《フライラ／ハルカ》……藤波《ふじなみ》はるか
☆第二王子《タツヤ》……狩野《かのう》竜也《たつや》
☆護衛長《リョウ》……綿貫《わたぬき》凌《りょう》
☆第三王子《ユージ》……久家《くげ》有志《ゆうじ》
☆前王の奴隷《ユキ》……東城《とうじょう》雪嗣《ゆきつぐ》
☆異国からの交易商人《アルベルト》……アルベルト・フランチェスコ・ディ・エンリケ
☆商人が連れてきた東洋の奴隷《カズミ》……益永《ますなが》和実《かずみ》

お熱い夜をあなたに

「一緒に暮らそう。いや、俺と暮らして欲しい。淳弥《じゅんや》」

谷地《やち》から同居を申し込まれた時、どうして受けてしまったのか。

いまでも時々不思議に思うことがある。

そもそもパリを拠点とし、世界中を旅する生活が日常の男は、東京に年の三分の一しか滞在しない。その四ヶ月だって仕事に追われ、ほとんどアトリエに籠《こ》もっているのだ。

そんな男と一緒に暮らしたところで、まともな生活など望むべくもない。

かく言う加賀美《かがみ》も、他人との同居生活に向いているかと言えばはなはだ疑問だ。

秘書という仕事柄、人に尽くすことは苦ではないが、三十六まで独身で来てしまえば、自分のペースや生活様式が出来上がってしまっている。この年になって今更赤の他人と同居するのは勇気が要る行為だ。

それでも——あの時。

断るという選択肢は自分の中になかった。

「そろそろこの部屋にも飽きてきたから、更新を機に引っ越しを考えていたところだ」

口ではそんなふうに言ったが、それが言い訳でしかないこともわかっていた。

谷地猛流《たける》という、才能も言動もその生き様も、なにもかもが規格外の男と出会い、自分は変わった。

谷地との出会いにより、三十年以上に亘《わた》ってコツコツと築き上げてきた「殻《から》」を打ち砕かれ、いままで知らなかった自分の中の「生々しい感情」と向き合うことを余儀なくされた。

なにものにも囚われず、大きくて自由で野卑《やひ》な男を愛している自分を、認めざるを得ないところまで追い込まれた。

同性とつき合うことですら、ノーマルな加賀美にとっては高いハードルだったのに、同居となれば、さらに踏み込んだ行為だ。いままでの恋人とも、一緒に住んだ経験はない。

加賀美にとって未知の領域。

共に暮らすことにより、なおいっそう自分は変わるかもしれない。

谷地によって否応もなく変化させられるかもしれない。

三十も半ばを過ぎて変わることは怖い。見定めたルートを外れるのには勇気が必要だ。

この先、自分がどこへ向かうのか。

加賀美が考えもしなかった脇道へ、おそらく谷地という男は踏み出していく。

周りがどんなに反対しても、自分がこうと決めたら、大胆に舵《かじ》を切る。

そんな危なっかしさに対して、けれどあの時の自分は、不安よりも期待感が勝った。

男が目指す先へ、共に行きたいと思った。

男の破天荒《はてんこう》な人生を側《そば》で見たいと思った。

もっと近くで……。

だから、同居の申し出を受け入れたのだ。

もちろん、とっさにそこまで考えがまとまって返事をしたわけではない。

らしくない衝動をのちに自己分析し、後付で理由を考えたまでだ。

ともあれ、決断してからの加賀美の行動は迅速だった。

谷地は東京に家を建てたいと思っているようだが、いまから土地を購入して家を建てるとなれば、春までに間に合わない確率が高い。中古物件を購入するという線もあるが、それだってふたりが気に入る物件となると簡単には見つからないだろう。焦《あせ》って勇み足をしても後悔する。

なのでまずは賃貸のマンションか一軒家に同居し、そこで暮らしながら、じっくり時間をかけて適切な土地を探すのが現実的だと谷地を説得した。

谷地としては、とにかく一緒に暮らすことが最優先だったらしく、「一緒に住めるならば」と加賀美の提案を呑んだ。

そうと決まれば賃貸物件探しだ。これは必然的に加賀美の役割となった。

パリと東京を拠点に世界各地を飛び回る谷地に、不動産業者の店舗を回る時間などない。

幸い最近はインターネットで物件の確認をすることが可能なので、加賀美が目星を付けた物件を、パリの谷地にチェックしてもらうこともできる。

年内いっぱいを費《つい》やしたが、なかなかこれといった物件は見つからなかった。

暮れが近づくにつれて加賀美も【LABO《ラボ》】のクリスマス商戦が佳境となり、休日返上の出勤が続く。知り合いの不動産業者に、いい物件が見つかり次第に連絡をくれるように頼んで、ひとまず部屋探しは棚上げにした。

新しい年を迎えると、転居シーズンである春先に向けて賃貸住宅市場が動き始める。

候補に挙げられた百近い物件のうち南青山《みなみあおやま》のマンションを気に入り、パリの谷地に確認を取ったところ好反応だった。キープしてもらい、谷地の帰国を待ってふたりで見に行った。

閑静な住宅地の一角。築六年。五階建てマンションの最上階。

室内に階段があるメゾネットタイプの部屋だ。一階がリビング、ダイニングキッチン、風呂、トイレ、ランドリースペースにプラスして一部屋。二階が広めの二部屋。角部屋なので窓も二面に大きく取られ、日当たりも良好だ。ちょっとした家庭菜園なら作れそうな広さのルーフバルコニーも付いている。

なによりふたりの職場から近い。どちらも歩いて通える距離という点が魅力的だった。

これだけの物件なので賃料も高いが、二等分することを思えば許容範囲だ。

加賀美は【LABO】の日本支社長付き秘書としてそれなりの年俸をもらっているし、昨年世界的メゾン【NEIGES《ネージュ》】のクリエイティブ・ディレクターに就任した谷地に至っては、賃料なんて気にもとめないだろう。一昨年のクリスマス、出合い頭に加賀美が一千万以上するピアジェのトゥールビヨンを破損してしまった時も、顔色ひとつ変えなかった男だ。

案の定、谷地は家賃も確かめずに「よし、ここにしよう」と即決した。

三月の更新前に決まってほっとしたのが二月の頭のことだ。

加賀美は早速、自分のマンションの契約終了を申し入れ、引っ越し業者に見積もりを頼んだ。引っ越しは二月の最終日曜日に設定し、自宅の荷造りを始める。もともとそう荷物が多いほうではなかったので、余裕で自分の梱包は完了した。

問題は谷地だ。青山《あおやま》の【APACHE《アパッシュ》】のヘッドオフィスの三階を、男はプライベートスペースとして使っている。メインの住居はパリにあるので、東京での住まいということになるが、このスペースに男は「加賀美から見たらゴミとしか思えないもの」をたんまりと溜め込んでいる。

そうはいっても谷地からすれば「大切なインスピレーションの源《みなもと》」らしいので、勝手に捨ててしまうわけにもいかない。

仕事で一瞬だけ東京に来た谷地を捕まえ、尻を叩いて「捨てるもの」「新居に持っていくもの」「ここに残すもの」を振り分けさせた。ふたりがかりでどうにか仕分けが終わった徹夜明け、谷地はパリにとんぼ返りしていった。

引っ越し当日は、谷地はパリコレ準備で帰国できず（はなから当てにしていなかったので問題ない）、加賀美と引っ越し業者で運び込みを済ませた。

その際に独断で、一階の一部屋を加賀美の部屋とし、二階の一部屋を共同の寝室、もう一部屋を谷地の部屋に振り分けた。

プライベートエリアを一階と二階に分けたのは、喧嘩《けんか》した時のためと、ひとりになりたい時のためだ。

この年まで独身だった三十男が一緒に住むのだから、個々になれる空間は必須。とりわけ谷地はクリエイターだ。ひとりきりでの思索の時間が必要だろう。

寝室用のベッドをはじめ、新しく何点か家具も購入した。もちろん【LABO】の製品だ。インテリアに関しては「あんたのセンスに任せる」と下駄を預けてもらえたので、思う存分に自分のこだわりを発揮でき、とても楽しかった。

荷解きが終わって新しい家具の搬入も済み、ひととおり片付いたところで、ぐるりと室内を見回す。

「……悪くない」

白、黒、木肌、ベージュ、グレイ、シルバーと色味を抑えたシックなテイストに、谷地の部屋から持ってきた個性豊かな家財が不思議とマッチしている。

加賀美はどちらかというとストイックなファニチャーを好む傾向があるのだが、その堅苦しくなりがちな部分を、谷地の家財の持つ遊び心がいい感じに崩してくれていた。

アフリカの打楽器やオブジェ風の家具、現代アートがアクセントとして効いている。

自分では絶対に購入しない類《たぐい》の家財が並ぶのは、同居ならではだ。

ふたりの個性がミックスした部屋に、こそばゆい気持ちになると同時に満足感を覚える。

いつか誰かと暮らす展開があるならば、その相手は当然妻となる女性だと思っていた。

まさか自分が三十も半ばを過ぎて男と同棲する羽目になるとは……人生、なにが起こるかわからないものだ。

感慨を抱きつつ細かい部分に修正を加え、足したり、引いたりして一週間を過ごす。

大枠が完成すると、今度は細々とした生活雑貨を揃え、キッチンやパウダールームを使いやすく調整した。

そうして迎えた本日は、引っ越し後、谷地が初めて帰国する日だ。

つまり、谷地はまだこの部屋を見ていない。

任せると言われて独断で作り上げてしまったが、果たして気に入るかどうか……。

仮にも敵は世界的デザイナーだ。不安がないといえば嘘になる。

初お披露目《ひろめ》の緊張からか、日曜日なのに、早朝六時には目が覚めてしまった。

目が冴えて二度寝もできず、ベッドから起き上がる。

(どうせ戻ってくるのは夜の九時過ぎだというのに)

子供のような自分に加賀美は苦笑した。

ゆっくりと朝風呂に浸かってから朝食を済ませ、午前中は部屋の片付けと掃除に費やす。引っ越したばかりだし、掃除もまめにしているので綺麗《きれい》なものだったが、念には念を入れるに越したことはない。

外でランチを取りがてら今夜の食材を仕入れるつもりで昼前にマンションを出た。近隣には鮮度のいい食材を扱う店がないので、デパ地下まで足を伸ばす。

ひさしぶりの日本だ。やはり和食がいいだろう。

生憎《あいにく》と桜はまだ蕾《つぼみ》が硬いが、店頭には春の食材が豊富に並んでいた。

筍《たけのこ》や菜の花、空豆などの野菜と、はまぐり、真鯛の刺身、日本酒を購入してマンションに戻る。

帰宅後、早速キッチンで下ごしらえをした。

メニューは筍御飯、はまぐりの吸い物、菜の花の辛子あえ、真鯛の刺身、空豆の茶碗蒸し。

下ごしらえが終わったあとは、リビングのソファで読書に勤《いそ》しんだ。米国で話題の本をインターネットで取り寄せ、読むのを楽しみにしていた。

途中テレビでニュースを観たり、タブレットでネットをチェックしたりしつつ、一冊読み終える。気がつくと窓の外がすっかり暗くなっていた。

「もう八時か……」

そろそろ羽田《はねだ》に着いた時分かもしれない。今回のフライトはプライベートジェットを使うと聞いていた。【NEIGES】が所有するPJで、谷地は好きな時に使える契約になっている。

パリからは十二時間のフライト。羽田からここまでは車で三十分ほど。イミグレーションなど入国手続きの所用時間を入れても一時間ほどで着く計算になる。

そんなことを考えていたら、スマートフォンがブブッと震えた。

（きたっ）

ローテーブルのスマートフォンに飛びつき、新着メールをタップすると、【いま着いた。これから向かう】という簡潔な文面が視界に飛び込んできた。

無事に着いてよかった。

直後、ほっと安堵《あんど》の心情と入れ替わるように、焦燥《しょうそう》に似た気分が込み上げてくる。

あと一時間。

加賀美はソファから立ち上がった。キッチンで炊飯器のスイッチを入れ、バスルームの浴槽を洗ってお湯を溜める。ダイニングテーブルに皿や器、箸置き、グラスやぐい呑みをセットする。

セッティングが終わったあと、もう一度各部屋をチェックして回った。置かれた家具の角度を微妙に直し、ソファのクッションのポジションや間接照明の光度も微調整した。

できることをすべてやり終えたら悠然《ゆうぜん》と構えていられるかと思えばそうでもない。いったん腰を下ろしたものの数分でふたたび立ち上がり、結局、残りの時間は壁の掛け時計と睨《にら》み合いながら、そわそわと落ち着きなく歩き回って過ごした。

こんな自分を部下に見られたら大変だ。

どんなトラブルにも顔色ひとつ変えずに冷静に対処する――「キレ者」秘書としての、加賀美のメンツが丸つぶれになってしまう。

いくらこのところ「言動に人間味を感じる」と社内で好評だとしても、ものには限度というものが……。

ピンポーン！

鳴り響くチャイムの音に、加賀美は文字どおり飛び上がった。

(帰ってきた！)

心臓がトクトクと走り出したが、すぐに出るとまるで待ち侘びていたようなので、わざとゆっくりインターフォンに近づく。タッチパネルを押すと画面に谷地の浅黒い貌《かお》が映った。シャツにワークパンツというラフな格好だ。荷物はアルミ製のスーツケースがひとつ。かなり年季の入ったもので、男はどんな辺境の地へもこれひとつで行く。

「いま開ける」

エントランスロビーのドアロックを解除した加賀美は、玄関に向かう途中パウダールームに立ち寄り、鏡を覗《のぞ》き込んだ。

コシのない髪、神経質そうな眉、眦《まなじり》が切れ込んだ双眸《そうぼう》、男にしては細めの鼻梁《びりょう》と薄い唇。見飽きた顔が、そこには映り込んでいる。

唐突に、自分が谷地より一歳年上であることを思い出し、胸が不穏にざわめいた。谷地と最後に会った時から老け込んでやしないか、確かめようとしたが自分ではわからない。

（ばかばかしい）

今更そんなこと気にしてどうする。三十五も三十六も、若者から見ればひとくくりにアラフォーだ。

鏡の中の自分を睨《ね》めつけた瞬間、さっきとは違う種類のチャイムがキンコーンと鳴った。

あわてて玄関に走り寄り、解錠してドアを押し開ける。

「……っ」

一ヶ月ぶりの谷地が立っていた。

不敵そうに跳ね上がった眉とグレイがかった灰褐色の瞳。大きくて肉感的な唇。頑丈そうな顎《あご》には無精髭が散っている。ラフに流された肩までの髪と右耳のシルバーのピアス。個々のパーツは最後に見た時と変わらないが……。

（少し……痩せたか？）

そんな感想を抱いた刹那《せつな》、谷地が深みがある低音を発する。

「ただいま」

「お……かえり」

反射的に口にしてしまってから、耳がじわっと熱くなった。

(うわ……かなり照れくさい)

谷地が唇の片端を持ち上げ、ふっと笑んだ。

「いいもんだな。誰かが出迎えてくれるってのは」

そんなふうに言われると、ますますもって顔が熱くなる。うっすら赤面する加賀美に、谷地がにやっと口許を緩めた。

「いいねえ……新妻の赤面」

感じ入ったようなしみじみとした声音にぴくんと反応し、脂下《やにさ》がった顔をキッと睨みつけた。

「誰が新妻だ」

低音で凄んでも、谷地は幸せそうな笑みを引っ込めない。自分に向けられる「かわいくて仕方がない」とでも言いたげな眼差《まなざ》しに、背中がむずむずする。

(なんだ？　その締まらないにやけヅラは……)

苛立ちにほんの少しの甘さが混ざった、なんとも形容しがたいおのれの心情を持て余し、渋面を作った加賀美は、「くだらないこと言ってないで早く入れよ」と顎をしゃくった。

「はいはい、お邪魔します、と」

「自分の家だろ？」

そのツッコミに、男が喜びを噛み締めるような表情を浮かべる。

「ああ……そうだな」

加賀美が先に立って廊下を歩き、スーツケースを提げた谷地があとに続いた。リビングと廊下を隔てる内扉の前で、加賀美はいったん足を止める。……いよいよ新居のお披露目だ。

心臓の高まりをどうどうと諫《いさ》め、思い切ってドアを開ける。

「おーっ」

リビングに足を踏み入れた谷地が、感嘆の声を発した。

スーツケースを置き、リビングとダイニング、そしてキッチンを歩き回る。その間加賀美はできるだけ平静を装ったが、胸の中では不安と期待が忙しなく入れ替わって大変な騒ぎだった。

「ほぅ……こりゃまた……へぇ……そうきたか……なるほどねぇ」

ブツブツとひとりごちながら、谷地はさらに階段を使って二階に上がり、寝室と自分の部屋をチェックして、一階で待つ加賀美のもとへ戻ってきた。

子供のようにキラキラと輝く目を見れば訊《き》くまでもなかったが、一応確認する。

「どうだ？」

「さいっこう！」

テンションの高い声を出した谷地が、満面の笑みで加賀美を見つめる。

「あんたに任せてよかった。この部屋は、俺とあんたの最高のコラボレーションだ」

その言葉は、加賀美にとっても最高の誉め言葉だった。

感性とセンスで世界を相手に闘っている男が、心にもないリップサービスを口にしないとわかっているからなおのことだ。

谷地を満足させられた誇らしい気持ちと、この数週間の苦労が報われた悦《よろこ》びとで、いまにも舞い上がりそうだったが、そんな自分を懸命に抑えつけた。にやけないよう、渾身の力で表情筋をコントロールし、短く一言返す。

「ならよかった」

「俺の溢《あふ》れんばかりの感謝と愛を、いますぐにでも体で表現したいんだが、さすがにこのところまともに寝てなくてスタミナ切れだ」

実に残念そうにつぶやく男を、加賀美は改めて見た。一見エネルギッシュなオーラに隠されているが、やはり疲れが溜まっているらしい。痩せたと感じたのは見間違いじゃなかった。

昨年の秋からの谷地は多忙を極めた。自分のブランド以外に世界的メゾン【NEIGES】のクリエイティブ・ディレクターに就任したのが、その主要因だ。

一月に【APACHE】のメンズラインのコレクションを行い、その後続けて【NEIGES】のオートクチュールのコレクションを開催。さらに三月には【APACHE】と【NEIGES】のパリ・コレクションを掛け持ちでディレクションした。パリコレ後も、息つく暇もなく展示会の準備に追われていたようだ。

その多忙ぶりを知っていたので、今回の引っ越しは、どうしても本人でないと判断できない谷地の荷物の分別以外は加賀美が主導権を握ったのだ。

「ＰＪの中でも眠れなかったのか？」

「機内では明日の準備をしていた。これまでまったく手をつけられなかったからな」

明日は、ＶＩＰが集まる【NEIGES】のパーティが開かれる。ブランドの顔としてパーティに出ることは、契約に含まれている「仕事」のひとつだ。

（……それにしても）

いくらタフだと言っても、人間なのだから限界もある。とはいえ、大の大人が一度請け負った仕事を途中で投げ出せないのは、加賀美も重々承知だ。自分が谷地でも、ひさびさに会った恋人に弱音を吐きたくない。ならばこれ以上の詮索は無用だ。

そう結論を出した加賀美は、敢《あ》えてそれ以上は訊かずに、「食事の用意もできているが、まず風呂を使うか？」とだけ尋《たず》ねた。

とたん、谷地の顔がぱぁっと輝く。

「うおー、新婚ワードきた！」

「新婚ワード？」

「お風呂？　ゴハン？　それとも、あ・た・……」

「黙れ」

すべて言い終わる前にぴしゃりと遮った加賀美は「戯《ざ》れ言はいいから早く答えろ」と急《せ》かす。

「どっちだ？　風呂かメシか」

「……メシ」

答えた谷地が口を尖らせた。

「ちぇー……なんかこう、もちっと甘い感じを期待してたんだがな」

ぶつくさ文句を言う男の背中を押し、ダイニングテーブルに着かせる。

「すぐに用意するから少しだけ待て」

そう言い置いてキッチンに立った加賀美は、下ごしらえしてあった料理を手早く完成させた。

テーブルに次々と並ぶ手料理に、谷地が歓声をあげる。

「すげえ……これ全部あんたが作ったのか？」

「一応な。ひさしぶりに和食が食べたいかと思って」

「和食もうれしいけど、あんたの手料理ってのがまた格別なうれしさだ」

にこにこ笑う男に「味は保証しないぞ」と断りを入れ、冷やした日本酒を冷酒グラスに注いだ。

「おー、冷酒か」

「刺身をつまみにするなら、やはり日本酒だろう」

加賀美のグラスには谷地が注いでくれた。それぞれのグラスを掲げる。

「あんたが整えてくれた居心地のいい新居と、ふたりの暮らしに——乾杯」

谷地の台詞《せりふ》に呑む前から顔が熱くなったが、加賀美はなにも付け足さず、「……乾杯」と唱和《しょうわ》した。

そうだ。これからふたりの暮らしが始まるのだ。実質年間四ヶ月程度だとしても。

（……それでも、こいつが帰ってくる場所は今日から「ここ」だ）

自分が待つこの部屋だ。

その事実に満足して、冷酒を呑み干す。谷地も、まるで水でも呑むようにつるりとグラスの酒美味《うま》いわ。

パリにも日本食屋は多いが、いやー……美味《うま》いわ。

を呑み干した。

「刺身は真鯛か」

「軽くだが昆布締めしてある」

「菜の花の辛子あえと空豆の茶碗蒸し……春だねえ」

「シメは筍御飯とはまぐりの吸い物だぞ」

「マジか？　おっ……この菜の花ンマい！　パリにも日本食屋は多いが、いやー……美味《うま》いわ。沁みる美味さだわ」

美味い美味いとばかりのひとつ覚えみたいに口にしながら、谷地は総菜をぺろっと平らげ、筍御飯と吸い物はおかわりまでした。日本酒も、気がつけばふたりで一升瓶を空にしていた。

「ごっそーさん。全部美味かった。はー……満足。満腹だ」

腹をさする男は本当に満足そうで、その顔を見たら加賀美も幸せな心持ちになる。胸の中があたたかいのは、アルコールのせいだけじゃないはずだ。

「食後のコーヒーを淹《い》れるから、ソファでくつろいでいてくれ」

食器をシンクに下げるのを手伝ってくれた谷地が「俺が洗う」と名乗り出たが、加賀美は「食洗機があるから大丈夫だ」と断った。

「いいからおまえはソファで休んでろ」

キッチンから追い出すと、不承不承リビングに行き、ソファに腰を下ろす。リモコンでテレビのスイッチを入れる男を確認した加賀美は、シンクの食器をざっと水洗いして食洗機にセットした。

ケトルでお湯を沸かし、ミルで豆を挽《ひ》く。ドリップしたコーヒー入りのマグカップを両手で持ってリビングに運んだ。

ソファの手前で足が止まる。さっきまでソファの背もたれに背中を預けていた男は、いまは体を横倒しにしていた。長い脚を投げ出し、寝息を立てている。

睡眠不足の体にアルコールをしこたま入れ、急激な睡魔に襲われたらしい。

「こんなところで寝たら疲れが取れないぞ」

両手のコーヒーをローテーブルに置き、軽く肩を揺すってみた。だが熟睡しているようで、まったく起きる気配がない。

（さて、どうするか）

二階の寝室まで運ぶにはデカいし重すぎる。

まぁこのソファも【LABO】の特注品でかなり広いから寝心地は悪くないはずだ。少し寝て、酔いが醒めたら起きるだろう。そうしたら風呂に入れて着替えさせる。

頭の中でそう算段した加賀美は、二階へ上がって寝室から薄手のデュベを取ってきた。ぐっすりと寝入っている谷地にふわりと掛ける。

（気持ちよさそうに寝やがって）

意外に長いまつげと、薄く開いた口。目を閉じるとふてぶてしさが薄れ、年相応に見える。

無防備な寝顔に吸い寄せられるように顔を近づけ、陽に焼けた額にそっとくちづけた。

「……っ」

思わずしてしまった自分の行動に狼狽《うろた》え、さっと立ち上がる。

誰が見ているわけでもないのに逃げるように谷地から離れた加賀美は、冷えてしまったコーヒーに口をつけ、ずずっと啜った。

結局、谷地は朝まで起きなかった。あまりに気持ちよさそうに眠っているので快眠を妨げるのは忍びなく、加賀美も無理に起こさなかった。

翌朝、二階の寝室から降りた加賀美がキッチンで朝の支度をしていると、物音に反応したかのように、「うー……」と唸《うな》り声が届く。

「……やっと起きたか」

さすがにそろそろ起こさなければと思っていたところだった。

リビングのカーテンをオープンにした加賀美は、まだソファで寝ている谷地を上から覗き込んだ。手の甲でごしごし顔を擦っていた男が、ぱちっと目を開く。目と目が合った。灰褐色の双眸が眩《まぶ》しそうに細まる。そのまましばらく加賀美をぼんやり見上げていた谷地が、不意にガバッと跳ね起きた。

「おはよう」

加賀美の挨拶《あいさつ》に、パチパチと瞬きをする。

「……俺……寝てたか？」

やがて零《こぼ》れ落ちたのは、寝起き特有の掠れ声だった。

「ああ、せっかく淹れたコーヒーも飲まず、風呂にも入らずに朝までぐっすりな」

つい嫌みな口調になると、鞣《なめ》し革のような頰の皮膚がぴくっと引きつる。

「……あ……さ？」

窓から差し込む明るい陽射しを横目で確認し、状況を把握したのか、突如「うわぁあ……っ！」と絶叫した。

「なに寝こけてんだっ……新婚初夜だってのに！」

寝癖でぼさぼさの髪をさらに掻きむしる男の肩を、加賀美はバンッと叩く。

「落ち込んでる暇があったらとっとと風呂に入って酒を抜いてこい。今日のパーティはおまえが主役なんだからな」

今夜六時から始まる【NEIGES】のパーティには、加賀美も参加することになっている。ミラノ出張と重なって不参加のアルベルトの代役だ。【NEIGES JAPON《ネージュジャポン》】のフランソワ・リカルド代表とアルベルトは長年の友人関係にあり、また【NEIGES】のショップの什器は【LABO】が手がけている。

「一生の不覚だ。俺も焼きが回った。あー……」

大仰《おおぎょう》にぼやきながら、谷地がバスルームに消えた。男が風呂に入っている間に、加賀美は朝食の準備をする。

三十分後、バスローブでリビングに現れた谷地は、シャワーで昨夜の失態を洗い流したらしく、さっぱりした顔をしていた。くんっと鼻を蠢《うごめ》かし、立ち直りも早く、明るい声を出す。

「おー、朝から味噌汁の匂い……最高の贅沢《ぜいたく》だ」

「昨夜の残りの筍御飯だぞ」

筍御飯に焼き鮭と卵焼き、小松菜のおひたしをプラスした朝食をふたりで済ませた。今朝も食欲旺盛な男は、またしても御飯のおかわりをした。

「ごちそーさま。美味かった！」

「今日の予定は？」

「朝いちの【NEIGES】との打ち合わせ前に【APACHE】のヘッドオフィスに立ち寄る」

そう答えた男が「やべ、もう出ねぇと」とあわただしく二階に上がっていく。数分後、シャツにカーキのカーゴパンツというういつもどおりのラフな格好で降りてきた。

玄関まで見送りに出た加賀美に、編み上げのワークブーツを履いた谷地が向き合う。

「じゃあな、六時に会場で」

「ああ……」

うなずいた瞬間に腕を摑まれ、ぐいっと引かれた。えっと思った時には、加賀美は男に唇を奪われていた。

「……………っ」

ちゅくっと音を立てて唇を離した男が、切なさと熱情が入り交じった目で加賀美を見つめる。

「これ以上は自粛だ。欲しくなっちまうから」

つぶやくと、未練を振り切るように身を返した。

「行ってくる」

バタンとドアが閉まるのを待って、唇をぐいっと拭う。

一ヶ月ぶりのキスだった。

谷地が素直に出かけてくれてほっとしている反面、どこか物足りなく感じている自分がいる。

昨日はそういった雰囲気になる前に谷地が寝てしまったから……。

(だがまぁ……まだ時間は充分にある)

今回の谷地は、今日のパーティと展示会の準備、開催日の三日を含め、一週間の滞在予定だ。あわただしい一週間だろうが、それでも一緒に住んでいる分、以前に比べてふたりの時間を持てる可能性はぐんと高まった。

気持ちを切り替え、加賀美も身支度に取りかかった。

会社は十時始業だが、通常加賀美は九時に出社する。九時四十五分にアルベルトが出社してくる前に、ボスのスケジュール確認、緊急を要するメールのレスポンスなど、秘書としてやっておかねばならないことが山積みだからだ。しかし今日はアルベルトがミラノ出張でいない。

それと、このマンションからならば青山の会社まで徒歩十分で着くので、以前よりは朝の時間に余裕ができた。

洗面所で顔を洗い、歯を磨き、髭を剃る。

もともと体毛が薄く、放って置いても数日は生えない髭を、それでも毎朝丹念にあたるのは、加賀美の儀式のようなものだ。これを飛ばすと、どうも一日しゃっきりしない。

今日は夕方にパーティが入っているので、普段よりフォーマルなスーツを選んだ。高級スーツラインである【TAKERU《タケル》 YACHI《ヤチ》 SUIT《スーツ》】のセミノッチドラペル。色味はやや光沢のあるシルバーグレイ。以前、ドタキャンしたモデルの代役でランウェイを歩いたギャラだと言って、谷地がプレゼントしてくれたものだ。

谷地が自分のためにデザインした、世界に一着しかないスーツ。

ものすごく贅沢なスーツに、本日のホストに敬意を表して【NEIGES】のネクタイを締める。チーフは挿《さ》さず、フラワーホールにシルバーのピンバッチを付けた。

全身を姿見に映し、おかしなところがないかをチェックする。アルベルトの名代《みょうだい》で参加する責任上、いつもより入念に検分した結果、まぁ問題ないだろうと自分に及第点を与えた。

というか、谷地のスーツのおかげで見栄えが二割り増しな気がする。加賀美のためにデザインしたというだけあって、スーツが従来の体型をカバーし、底上げしてくれているのだ。

自分の体を谷地のほうがよく知っているようで……なんだか気恥ずかしい。

（そういえば）

今日のパーティに谷地はどんな服装で出席するのだろう。以前、大切なプレスリリースに普段着で出ようとした男だ。今朝は急いでいたのもあるが、髭も剃っていかなかった。

「まさか……あのままじゃないだろうな？」

出かけていった際の、いまから肉体労働にでも従事しそうな格好を思い浮かべる。

いや、まさか……さすがにそれはないだろう。

否定するそばから嫌な予感が脳裏を掠め、加賀美は眉をひそめた。


夕方四時半まで仕事をした加賀美は、オフィスを出て青山にあるイベントホールへ向かった。

六時からのパーティの前に、イベントホールで発表会があるのだ。

年に一度行われる【NEIGES】の発表会は、年間のテーマを顧客に知らしめる場だ。毎年、工夫を凝《こ》らした催《もよお》しで、VIP顧客を楽しませる。

ホールの入り口の受付で招待状を渡し、記帳を済ませると、厚みのある冊子を手渡された。

冊子は写真と読み物で構成され、アートブックのような仕上がりだった。硬質なレイアウトが美しいページを捲っていき、最終ページの奥付をチェックする。クレジット表記の筆頭はプロデューサーとしてフランソワ・リカルド氏、次にクリエイティブ・ディレクターの谷地、その次がアートディレクターで【益永和実《ますながかずみ》:Yebisu《エビス》 Graphics《グラフィックス》】となっていた。【Yebisu Graphics】は業界屈指のデザイン事務所で、【LABO】のデザインもお願いしている。

冊子によれば、今期の【NEIGES】のテーマは「時の流れ」。

テーマを表現する会場の中は白壁で仕切られており、サインシステムに沿って進むことを促される。

壁一面の海の写真から始まり、隕石の展示、恐竜の絵、旧石器時代の石刃、メソポタミア文明の楔形文字《くさびがた》が刻まれた粘土板、石器や鉄器など、壁の写真や絵、展示物を観て、添えられた説明文を読みながら、人類が辿った五千年の「時の流れ」をトレースしていく。

展示が終わったところで仕切りが途切れて視界が開けた。

天井の高い空間の真ん中に円形の舞台が設置され、その舞台を取り囲むように百席ほどの椅子が置かれている。すでに椅子は半分以上が埋まっており、加賀美も後方の席に座った。谷地の姿をざっと探したが、見当たらない。上層部と記者会見に出ているのかもしれない。

十分ほどで席はほぼ埋まり、照明が落ちた。

スポットライトの当たる舞台に、タキシード姿の外国人男性が三名が現れる。そのうち二名はチェンバロとチェロをそれぞれ抱え、ひとりは手ぶらだ。

間もなく演奏が始まり、手ぶらの彼はオペラ歌手だとわかった。

朗々たるテノールで、テーマである「時の流れ」に関連した歌曲を歌い上げる。

約三十分間、素晴らしい演奏と歌に観客は酔いしれた。

アンサンブルによる計五曲のミニオペラが終わり、盛大な拍手が起こる。両手を挙げて喝采《かっさい》に応える三名に、加賀美も惜しみない拍手を送った。その歌声を聴けば、彼が一流のカウンターテナーであることは、オペラに疎《うと》い加賀美にもわかった。わずか百名の観客のために、本国から呼び寄せたのだとしたら、なんと贅沢な催しであろうか。

その後一同は、イベントホールの二階のパーティ会場へと誘導された。

センターにオープンキッチンが設置され、白衣を着たフランス人シェフたちが忙しそうに動き回っている。彼らの背後には、パリのマルシェよろしく色とりどりの豪華食材が並んでいた。

どうやらオーダーに応じて、その場で火入れをしたり、盛りつけたりしてくれるようだ。ものによってはできたてを食べられるらしい。

（おもしろい趣向だな）

事前準備は相当大変だっただろうが、【NEIGES JAPON】の広報を労《ねぎら》いたい気分だった。

シャンパンを片手に、そこかしこで話し込んでいる人々は、高級メゾン【NEIGES】の顧客だけあって見るからにセレブリティオーラが漂う。年配者が比較的多く、ざっと見回しただけでも芸能人、文化人、財界人など、テレビや雑誌等で見知った顔があった。お着物を召していらっしゃるご婦人、タキシードやディレクターズスーツなどで盛装した男性も見受けられる。海外からのゲストは本社の関係者だろう。

ちらほらと【LABO】のお客様もいて、頃合いを見てご挨拶に伺わなければと、加賀美は心に留めた。

点在する人の輪の中でもひときわ大きな集団は、【NEIGES JAPON】代表のフランソワ・リカルド氏を取り巻く集団だ。タキシードスーツに身を包んだリカルド氏の金髪が、ライティングにキラキラと反射している。フランス貴族の血を引く彼自身が、いわば広告塔のようなものだ。そこに存在するだけで場が華やぐようなカリスマ性は、アルベルトに通じるものがあった。

遠目で【Yebisu Graphics】のメンバーも確認した。代表の大城《だいじょう》氏をはじめとして、綿貫《わたぬき》氏、高館《たかしろ》氏、益永氏、久家《くげ》氏……と主要メンバーが揃っている。のちほど挨拶に伺おう。

ちょうど前を横切ったボウイからシャンパンを受け取り、喉を潤した加賀美は、谷地の姿を探した。今日の主役のひとりだから、話をすることは難しいかもしれないが、遠くからでもひとまず姿を確認したい。

どこだ？　どこにいる？

人と人の間をたゆたいながら、長身の男の姿を追い求めていた加賀美はふと足を止めた。笑いさざめく人波をかいくぐり、自分のほうに向かってくるタキシードの男性に気がついたからだ。

「……え？」

長めの髪をオールバック気味に撫でつけ、タキシードスーツをびしっと決めた長身の男性を思わず二度見する。白のタック入りドレスシャツの首許にブラックバタフライタイを着け、シルクのカマーバンドを巻き、靴はエナメルのオペラパンプスといった隙のない着こなし。

（まさか……）

フリーズしている間に距離が縮まり、徐々にその顔立ちがはっきりしてきた。

「……谷地？」

だが、見慣れているはずの男とどこか違う。ついに間近に迫った顔を凝視して気がついた。

髭が……ない！

トレードマークの無精髭がないのと、形のいい額を露《あらわ》にしているせいか、彫りの深さが際立って見える。

タキシードが似合う日本人には滅多《めった》にお目にかかれないが、その稀少なひとりが目の前にいた。肩幅がしっかりあって胸回りも発達しているので、衣装に負けていない。日本人離れした脚の長さもフォーマルな装いの完成度を上げるのに一役買っていた。盛装から匂い立つような成熟した雄のフェロモンにくらりとくる。

「……誰かと思った」

止めていた息をゆっくりと吐き出しつつ、加賀美はつぶやいた。顔をしかめた谷地が、襟許に指を引っかけ、首を広げる仕草をする。

「フランソワに『今日は皇族もいらっしゃるから粗相《そそう》のないように』って無理矢理着せられちまった。窮屈で仕方ねぇよ」

「よく似合ってるよ」

ぽろっと本心を零すと、かすかに瞠目《どうもく》した谷地が、次の瞬間にっと唇を横に引いた。

「惚れ直したか？」

いまの心境をズバリと言い当てられた加賀美は、照れ隠しに渋面を作る。

「いい気になるな」

睨みつけても谷地はまるで堪《こた》えていない様子で、逆に加賀美に熱を帯びた視線を向けてきた。

「スーツ、着てくれたんだな」

「……こんな時でもないと着る機会がないからな。普段使いにするには少し派手だし」

「うれしいよ。……すごくよく似合ってる」

視線を合わせたまま囁かれ、じわっと顔が熱くなる。

「遠目からもすごく目立ってた。えっらいベッピンがいるって思ったらうちの奥サンだった」

「ばか」

すっと身を屈めた谷地が、耳許に顔を寄せてきた。

「早く任務から解放されて、あんたとふたりきりになりたい」

「………っ」

掠れた低音にぴくんと震えた時、谷地の背後から「ご歓談中、失礼いたします」と声がかかる。谷地の後ろから断りを入れてきたスーツの男性の首には、【NEIGES JAPON】のスタッフ証が下がっていた。神妙な面持ちで加賀美に一礼した男性が、谷地に伺いを立てる。

「そろそろスピーチが始まります。リカルド代表の次となりますので、準備のほうよろしいでしょうか?」

「あー、はいはい、スピーチね。了解」

そう応じた谷地が、加賀美に「んじゃ任務を果たしてくるわ」と言った。

「そうだ。料理もパリから三つ星のセカンドシェフを呼び寄せたらしいから食べてみてくれ」

「楽しみだ」

「またあとでな」

器用にウィンクした男が、スタッフを引き連れて立ち去る。その均整の取れた後ろ姿が見えなくなるまで、加賀美は見送った。

またあとで——と言った男と話をする機会は、その後訪れなかった。

主役である谷地は、スピーチのあとも、挨拶の順番を待つ人々に囲まれていたからだ。

一方の加賀美も、三つ星セカンドシェフの料理をつまんだり、【LABO】の顧客や【Yebisu Graphics】の面々と話をしたりしているうちに、あっという間に時間が過ぎた。

十時をもってパーティはお開きになり、最後まで谷地とは話せないままに帰宅。

引き続きスタッフの慰労会があるだろうから、戻りは夜中になるに違いない。

それでも、ここで待っていればいつかは帰ってくるのだと思えるのは大きい。同居の最大のメリットだと改めて思う。

脱いだスーツと靴の手入れをしたのちに、加賀美は風呂を使った。体と髪を洗い、シャワーで洗い流してからバスタブに入る。なみなみと張った熱い湯に浸かった瞬間、喉の奥から「ふーっ」と深いため息が漏れた。じわじわと体が緩んでいく。

それによって逆に、昨日の朝から緊張していた自分に気がつかされた。

一番の懸念であった——自分が設《しつら》えた新居を気に入ってもらえるのかどうかは、当の谷地によって払拭されたが。

だからといって必ずしも、この先の谷地との生活がうまくいくと決まったわけじゃない。

同居に対する不安が完全に消えたわけじゃない。

こればかりはすぐに自信がつくものでもないだろう。

一緒に時を重ねていくうちに、少しずつ感覚を摑んでいくしかないのだと思うが……。

キンコーン！

ゆっくり閉じかけていた目を、加賀美はぱちっと開いた。帰ってきた！

バスタブからざばっと立ち上がり、バスローブをひっ摑んで羽織った。濡れ髪のまま、腰紐だけ結んで内廊下に出る。さっきのは玄関のチャイムだ。エントランスロビーは自分で開けたらしい。

玄関まで走っていってロックをガチャッと外し、ドアを押し開けた。

刹那、視界が一面の赤で染まる。

「うわっ……なんだ!?」

面食らっている間にドアが大きく開き、タキシード姿の谷地が「ただいま」と言った。着替えずに直接戻ってきたらしい。一面の赤の正体は、両手で抱えるほどの薔薇《ばら》の花束だった。

漆黒のタキシードに真紅の薔薇が映《は》えて、一瞬見惚れてしまう。……映画俳優みたいだ、とは口が裂けても本人には言わないが。

「みやげだ」

押しつけられた花束を加賀美は反射的に受け取った。むせ返るような薔薇の芳香に包まれる。

「みやげ？」

「打ち上げでスタッフにもらった」

「……すごいな。百本はあるんじゃないか？」

しかもこれは相当に高価な薔薇だ。秘書として花を手配することも多いのでわかる。

こんなにたくさんの薔薇を活けられる花瓶が、果たしてうちにあっただろうか。

谷地の先に立ってリビングに入った加賀美は、口の中で「花瓶……花瓶」とつぶやきながら、キッチンに向かった。すると背後でぼそっと低音が落ちる。

「上気した首筋、濡れ髪、エロい腰……誘ってるとしか思えねぇ」

直後に腕を摑まれ、くるりと反転させられた。谷地と向かい合った体がふわりと浮く。

（え？　え？）

なにが起こったのか、とっさに理解できなかった。混乱している間に、薔薇の花束ごと谷地が加賀美を左肩に担ぎ上げる。そうしてまるで粉袋でも運ぶかのごとく、揺るぎない足取りで歩き出した。男が階段を上り始めた段で、はっと我に返る。

「ちょ……おま、なにやってんだ！」

谷地の肩で叫んだ。薔薇を持っているので両手は自由にならない。代わりに足をばたつかせたが、頑強な男はびくともしなかった。

「暴れるな。アブねぇから」

「おまえがアブない真似をしてるんだろう！　……いいから下ろせっ」

わめき声は完全に無視され、ついに二階に到着してしまう。そのまま寝室のベッドまで運ばれた加賀美は、ベッドリネンの上にどさっと落とされた。衝撃で薔薇の花束が絨毯《じゅうたん》に転がり落ちる。それには一瞥もくれず、ギシッとマットレスを軋《きし》ませて、谷地がベッドに乗り上げてきた。

「おまえっ……なんなんだ！」

乱暴な男をギッと睨みつけると、「あんたが煽ったんだろう？」と反撃される。

「はぁ？」

「禁欲何日目だと思ってんだ。……ただでさえギリギリなとこにンなエロい格好で出迎えて」

掠れた低音で難癖《なんくせ》をつけながら、谷地がバタフライタイをむしり取った。膝立ちになり、ジャケットを脱いで放り投げる。次にカマーバンドを取り、ドレスシャツのボタンを外した。

「……………」

突然始まった男のストリップを、加賀美は息を呑んで見つめる。前立てを全開させたドレスシャツをバッと脱ぎ去ると、褐色の引き締まった肉体が現れた。フォーマルな服装と、その下から現れたワイルドな肉体のギャップに当てられ、ごくっと喉が上下する。

上半身裸になった谷地が、加賀美に覆い被《かぶ》さるようにして顔の両脇に手をついた。自分を見下ろす男の灰褐色の瞳に欲望がゆらめくのを認め、一瞬で加賀美の体にも火が点《つ》く。

瞳がじわっと潤んだのが自分でもわかった。なんて簡単なんだ……と臍《ほぞ》を噛んでも遅い。

谷地にもばれてしまったのだろう。男が獰猛《どうもう》な光を放つ双眸をじわりと細めた。

「俺が……欲しいか？」

掠れた声で問われた加賀美は、唇を嚙み締める。認めるのはシャクで、意地を張っていたら手首を摑まれ、ぐいっと引かれた。男の股間に無理矢理宛がわれる。

熱い。

充分な質量を湛《たた》えた欲望に手のひらが触れた瞬間、ドクンッと鼓動が跳ね、急激に喉が渇いた。

なにしろ一ヶ月ぶりだ。

「どうだ？　欲しいか？」

繰り返し答えを求められる。

それでもまだ黙っていたら、苛立ったようにゴリゴリと擦りつけられた。カーッと全身が熱くなり、気がつくと自分に覆い被さる男を怒鳴りつけていた。

「当たり前だろう！　昨夜も放置されたんだぞ！」

わずかに瞠目した谷地が、やがて肉感的な唇の両端を持ち上げる。色悪な表情で、「すまなかった」と謝った。

「昨夜の分はこれから利子をたっぷりつけて返す」


首筋から鎖骨の窪み……男の厚みのある舌が自分の肌を這い回る感触に加賀美は息を詰めた。

バスローブはあらかた脱がされ、かろうじて体の下に敷かれているだけの状態だ。

熱い吐息が乳首に触れる。たったそれだけの刺激で乳頭が勃ち上がり、自分の飢えを実感させられた。

芯を持った乳首を舌先でくにゅりと押しつぶされ、体をぶるっと震わせる。もう片方の乳首は紙縒《こより》を捻るように指で摘《つま》まれた。二種類の愛撫でもって、乳首で感じるという、この一ヶ月忘れていた感覚が蘇《よみがえ》る。

「ふ……うぅっ」

脇腹をまさぐる大きな手が、気持ちいい。女性の滑らかな手ではなく、皮の厚い硬い手の感触を心地よく感じるなんて……自分が変わったのを実感するのはこんな時だ。

上半身を散々に弄《いじ》り倒した谷地が、次に体を下にずらし、加賀美の脚を大きく割った。半勃ちの欲望にむしゃぶりつく。

「……あっ……」

本当に食われるんじゃないかと思うほどの勢いで一気に喉の奥まで咥《くわ》え込まれた。間髪容れずに舌が絡みつく。裏筋をざりざりと舐め上げたり、カリをぐるりと舐め回されたり、窄めた唇で扱《しご》かれたりと、大胆な口淫に追い立てられ、腰が浮き上がった。

「アッ……ひぁっ……あ」

亀頭の小さな孔《あな》に舌先が入り込んでくる。グリグリと抉《えぐ》られてじわっとカウパーが滲んだ。溢れたそれを、音を立てて啜られる。

「……っ……ッ」

ただでさえひと月のブランクがあるのだ。こんなふうに責められればひとたまりもなかった。

「で……でッ……る」

切れ切れの声で訴えると、出せ、というように愛撫を激しくされた。ブロウジョブと同時に陰《いん》嚢《のう》を手で強く揉みしだかれ、胸に伸ばしたもう片方の手で乳首をきつく引っ張られて、脳裏でパチパチッと火花が散る。

「ふ……あっ……アァッ」

谷地が口を離した刹那、加賀美は背中をたわませて弾けた。腰を突き出し、白濁を噴き上げる。一度では収まらず、二度、三度と間欠《かんけつ》的に射精した。

「はぁ……はぁ」

「よしよし、たっぷり出た。ちゃんと禁欲してたな」

胸を上下させて喘ぐ加賀美の鼻先に褒美のようなキスを落とし、谷地がふたたび膝立ちになる。下衣の前をくつろげ、下着を下にずらして自らを取り出した。すでに猛々しい凶器をさらに自分で扱き上げる。俯《うつむ》いた谷地は、秀でた額に前髪が落ち、濃いまつげが強調されて見えた。野性味と艶が入り交じった男のセクシャルな表情に、達したばかりなのに下腹部がズクッと疼《うず》く。

凶器がみるみるその凶暴さを増していき、やがて先端につぷっと透明の粒が盛り上がった。

こくっと喉を鳴らし、加賀美は無意識に身を起こす。

さっき「欲しいか？」と問われた「ソレ」。

自分の中に強引に入り込み、掻き乱す——谷地という男そのもの。

四つん這いになり、吸い寄せられるように谷地の股間に顔を寄せる。

「おい」

谷地が虚《きょ》を衝《つ》かれたような声を出したが、構わず先端にキスをして、先走りを舐め取る。滑らかな亀頭をぺろぺろと舐めたあとで口を開け、含んだ。

以前の自分なら考えられない行為だ。男のものを自分から進んで咥えるなんて。

だがいまは、これが愛おしくて仕方がない。愛したくて仕方がない……。

「ンッ……ぅぐ」

ひさしぶりの谷地の大きさに喉が詰まり、嘔吐《えず》きそうになるのを必死に堪《こら》えた。

張り出たカリに舌を這わせ、逞しいシャフトの血管の筋を辿っていく。皮を歯で扱く。亀頭に溜まった先走りを吸う。唇で圧をかける。

夢中で舐めしゃぶるうちに、唇から唾液が溢れ、喉を濡らした。

「淳弥……」

労うように谷地が頭を撫でてくる。やさしく耳を引っ張られ、耳朶《じだ》を撫でさすられて、心地よさにうっとりと目を細めた。

「……ンっふ……」

「すげぇ……いい」

感じているのがわかる掠れ声に、ぞくっと首筋が粟立《あわだ》つ。

「オーラル上手くなったな……感じてる顔つきもいい……」

甘やかすように誉められて、下腹部で欲望がぴくりと反応した。

さっき達したばかりなのに……男のものをしゃぶって兆《きざ》す自分に羞恥が込み上げる。自ら育てた欲望に、同時に口の中を犯されて……これではどちらが奉仕しているのかわからない。

いつしか口の中の谷地はマックスまで膨張している。

(もう少し……もうちょっとだ)

自分を励まし、ラストスパートをかけようとした矢先、不意に肩を掴まれ、押し退けられた。

男の欲望がずるっと口から抜ける。

攻略間近で宝物を取り上げられた加賀美は、上目遣いに谷地を睨んだ。

「……もう少しで出るところ……」

谷地が苦しそうな顔つきで息を吐く。

「何度でもたっぷり出してやるから、とにかく一度あんたの中に入らせてくれ」

切羽詰《せっぱつ》まった声で乞われれば拒めない。

「後ろを向いて四つん這いに……そうだ」

指示に従い、四つん這いになった。と、谷地の大きな手が尻を鷲掴《わしづか》みにしてくる。真ん中からふたつに割られ、露になった孔に舌を這わされた。

「ひ、ぁっ」

ぬるぬるとあわいの周囲を濡らしていた舌が、ぐっと圧力をかけて押し入ってくる。中まで濡らされるなんとも言えない感覚がたまらず、加賀美は身を捩《よじ》った。

「よ、せっ……や……め、ろっ」

逃げようとしたが、腰を強く摑まれていて果たせない。結局のところ、太股に滴《したた》るほど濡らされてしまう。

「ひさしぶりだからな。よーく解さねぇと」

唾液で濡れた後孔に骨張った指が入り込んできて、背筋にピリリと電流が走った。

「うっ……くッ……」

シーツに顔を伏せ、体内を掻き回す蹂躙《じゅうりん》を耐え忍ぶ。加賀美とて、この儀式を経なければ繋がれないことはわかっている。男同士のハンデに加え、谷地が人並み以上にデカいからだ。

やっと指が抜け、入れ替わりに谷地自身を押しつけられた。身構える間もなく、体を押し開かれる。

「あっ……あぁっ」

喉の奥から悲鳴が押し出された。巨大な熱の塊《かたまり》が、自分の中に入ってくる。

力むな。いま入ってこようとしているのは敵じゃない。愛する……男だ。

体を……心を……解放しろ。

自分にそう命じたのが功を奏したのか、はたまた谷地がとてつもなく上手いのか。

ひさしぶりにもかかわらず、さほど時間をかけずに繋がることができた。とはいえそう容易だったわけじゃない。息は上がっているし、全身汗だくだ。

後ろから覆い被さっている男の体もうっすら汗ばんでいる。

「ふー……気持ちいいな……あんたの中」

ため息混じりの感嘆が首筋に落ち、加賀美も腹の中いっぱいの「谷地」に熱い息を吐く。獣みたいに這いつくばってケツに突っ込まれているのにおかしな話だが、気持ちいいと言ってもらえてうれしかった。

そう思ってもらえるなら、男としてのプライドを手放してもいいと思うくらいには。

(この男に惚れてるってことか)

改めての実感に、胸の奥がじわっと熱くなる。

そうまで思える相手に出会えたことがうれしかった。

この年になれば、それが誰の身にも起こる奇跡じゃないと知っている。

「なぁ、そろそろ動いてもいいか?」

焦《じ》れているのがわかる男の声に、加賀美はうなずいた。加賀美自身、みっしりと谷地を咥え込んだ腹の中が熱を発してたまらなくなっていたからだ。

抽挿《ちゅうそう》が始まった。粘膜を巻き込みながら太く逞しいものがずるっと抜けて、抜ける寸前でぐっと押し込まれる。

「ふっ……あっ……アッ」

入ってくる時と出ていく時とでは、快感の種類が違う。それに加えて捻りも入り、突く場所も浅く深くと変化をつけられ、予測不可能な攻撃パターンに翻弄された。

そうやって多種多様な抽挿を繰り出しつつ、谷地が探っているのがわかる。

加賀美が一番感じる場所――擦られるとたまらない場所を。

ブランクをものともせず、谷地はほどなく金脈を探り当てた。

「アァッ」

ソリッドな切っ先でそこを抉られた瞬間、びくんっと背中が反り、欲望もぐんっと反り返る。

完全に勢いを取り戻した加賀美の勃起を谷地が握った。大きな手でぬるぬると扱かれ、先端から白濁混じりのカウパーが溢れる。さっきあれだけ出したのに我ながらすごい量だ……。

「ふっ……ふっ」

谷地の息づかいが荒くなり、それに従って抜き差しも早く、激しくなってきた。

深く押し込まれるたびに谷地の重く垂れ下がった陰嚢が尻に当たり、べちべちと音を立てる。

尻を打たれるその感覚にもすごく感じて、加賀美は腹の中の雄を締めつけた。谷地が小さく唸り声をあげる。お返しと言わんばかりに腰を抱え直し、剛直を突き入れてきた。一刺しごとに男の質量が増しているように感じる。男の硬いアンダーヘアがざりざりと擦れる痛みにすら感じた。

「ぁ、……あ……ひッ」

重量級の男の、嵐のような責めに両腕が悲鳴を上げ、カクンと前のめりに頽《くずお》れる。シーツに顔を埋め、なすすべもなく男の荒ぶりを受けとめるしかない。

「激、し……っ……く、……ぁ……んっ」

「……じゅん、や……っ」

最大限にまで膨《ふく》らんだ男が、体内で爆発したのがわかった。どんっと叩きつけられるような射精に押し上げられ、加賀美も達する。指先まで快感に痺れ、喉の奥から絶え入る声が溢れた。

「あ……あ……あ……」

めくるめく絶頂に、ほんの数秒意識を手放したらしい。

「………っ」

男が後ろから抜け出す感覚で意識が戻った。体を離した谷地が加賀美をごろりと転がす。視線と視線が絡み合った。

「愛してる……淳弥」

荒い息に紛れて放たれた第一声。

身も心も満ち足りた幸せな気分で、加賀美は男の顔に手を伸ばした。頬から顎にかけてを手のひらで辿る。ざらりとした感触に薄く笑った。

「髭……もう生えてきてるな」

「ああ……だな」

自分でも顎を撫で上げて谷地がうなずく。

「早く生やせ」

「髭があったほうがいいか?」

髭がないおまえは男前すぎて落ち着かないという本音は隠し、加賀美は「そのほうがおまえらしい」とだけ言った。

「了解」

にっと笑った谷地が、甘え声でねだる。

「だがその前に、髭のない俺ともう一戦……いや、二戦。——いいだろ？」

了承の印に加賀美は首を伸ばし、男の頑丈な顎に小さくキスを落とした。

特別な一日

「夜分遅くにすみません……」

『いいのよ。私が宵《よい》っ張りだって知っているでしょ？　ユキ、あなたこそこんなに早くから大変ね。そっちは朝の何時？』

「六時です」

サマータイムの現在、イタリアとの時差は七時間だ。シチリアは夜の十一時ということになる。

『六時？　せっかくのお休みくらい、ゆっくりすればいいのに』

「それが、目覚ましを止めていても自然と目が覚めてしまって……」

『まぁ、アルベルトと同じね。あなたたちは、揃いも揃って仕事が大好きなんだから』

電話口で、マリアが朗《ほが》らかに笑う。

明るい笑い声を聴くと、それだけでこっちまで幸せな気分になった。

周囲まで巻き込む陽気さは、息子にも確実に遺伝している。

アルベルトの母のマリアと直接話がしたい一心で、昨年の終わりからイタリア語を勉強し出した東城《とうじょう》は、イタリア人の恋人という個人教師の助けもあり、いまでは日常会話の範囲でならさほど苦労することがなくなっていた。

『アルベルトは？』

「まだ寝ています。昨夜は帰宅が遅く、眠りにつくのも遅かったので」

東城の返答に『じゃあ、ゆっくり寝かせてあげて』と母が息子を気遣う。マリアが息子の仕事の忙しさをかねてより心配しているのは、東城もよくわかっていた。

「はい。自分から起きてくるまでは起こさないつもりです」

『ありがとう。それでなにが知りたいの？』

「実は今夜、教えていただいたペンネを作ろうと思っているのです」

昨年の暮れ、シチリアに暮らすアルベルトの母マリアが初来日した。その際、シチリアから食材を持参してきて手料理を振る舞ってくれたのだ。

そのすべてがとても美味しく、「これぞマンマの味！」と感激するのと同時に、その味を自分でも再現したいという欲求が湧いた。自分がマスターすれば、日常的にアルベルトに故郷の料理を食べさせることができる。

東城の要望を知ると、マリアは快くレシピを教えてくれた。イタリア語で書かれたその数枚のメモは、東城の大切な宝物となった。

その後、折に触れてマリアレシピにチャレンジし、アルベルトも「美味しいよ」と言ってくれるが、まだまだマリアの足許にも及ばないとわかっている。

『あら素敵。アルベルトも大好きだものね』

「そうなのです。ただ、あれから何度かチャレンジしているのですが、どうしても以前作っていただいた味にならなくて」

『バジルはちゃんとフレッシュを使っている？』

「ええ、庭で栽培したものを使っています」

『そう……もしかしたらトマトかしら。あの時はシチリアから自家製のトマトソースを持っていったから』

「やはりそうですか。あのトマトソースは本当に美味しかったです」

素材の違いはいかんともし難《がた》い。

少しがっかりしていたら、『セミドライトマトを使ったらどう？』と提案される。

「セミドライ……ですか？」

『簡単に作れて甘みとコクが増すし、市販のドライトマトよりジューシーなの。ミニトマトを半分にカットして塩を振ってオーブンで焼くだけ。時間は一時間から二時間、好みの乾燥具合になったら出来上がり。あ、塩は私があげたシチリアの塩を使ってね』

あわてて手許のメモパッドに走り書きをした東城は、「試してみます」と弾んだ声を出した。

「アドバイスありがとうございます」

『どういたしまして。ユキ、あなただって忙しいのに……そんな中でアルベルトの好物を作ってくれてうれしいわ』

「滅相《めっそう》もないです」

東城は電話口で恐縮する。女手ひとつでアルベルトを育てたマリアに比べたら、いや、比べるのもおこがましいほどに自分はレベルが低い。

「私自身食べることが大好きなので、作るのは楽しいです。それにアルベルトはとても喜んでくれますから作りがいがあります」

掛け値なしの本心だった。アルベルトのために食事を用意することが苦であったことは一度もない。むしろ喜びだ。

『アルベルトは本当にいいパートナーを持ったわ』

感慨深い声が耳殻《じかく》に染み入り、胸がじわっと熱くなった。

自慢のひとり息子の相手が男だと知った時、母親として衝撃を受けなかったわけがない。敬虔《けいけん》なローマカソリック教徒であればなおのことだ。

式を挙げるなどのお披露目もできない。親族に紹介することもできない。孫の顔も見られない。

マイナス要素は数多くあれど、プラスはひとつもない関係。

なのにマリアは自分たちを祝福し、男の自分を受け入れ、「もうひとりの息子」とまで言ってくれた。

昨年末の初顔合わせの際も、緊張に色を失っていた自分をやさしく抱き締め、『ユキと呼んでもいい？　私のことはマリアと呼んでね』と声をかけてくれた。

あの日から……自分にはふたりの母ができた。

ベトナムに暮らす実母と、シチリアのマリア。

ふたりめの母にも「もうひとりの息子」として生涯に亘《わた》って尽くそうと、心に強く誓ったのだ。

その時の誓いをいまふたたび胸に刻みつけ、東城はつぶやいた。

「……ありがとうございます」

『御礼を言うのは私のほうよ。アルベルトを大事にしてくれてありがとう。あなたが側《そば》にいるから、遠く離れている私も安心していられる。私のために言葉も覚えてくれて……そのおかげでこうしてあなたと話ができて、私がどんなに心強く思っているか』

「……マリア」

あたたかい言葉に思わず喉が詰まる。湿っぽくなりそうな気配を察してか、マリアが明るい声を出した。

『こっちはまだ当日になっていないけれど、そっちはもう七日でしょう？　あの子の誕生日ね。私からはまたあとで電話をするけれど、ひとまずはおめでとうって伝えておいてちょうだい。心から愛してるって』

「わかりました。必ず伝えておきます」

おやすみ、おやすみなさい——そう言い合って通話を切る。スマートフォンをタブリエのポケットに滑り込ませた東城は、キッチンからリビングに目を向けた。

カーテンを全開させた窓から、明るい陽射しが差し込んでいる。窓越しに見渡せる庭の芝生は、太陽の光を浴びて瑞々《みずみず》しく輝いていた。緑とガーデンデッキの白いパラソルがコントラストを描き、目に眩《まぶ》しいほどだ。

どうやら予報どおりの晴天らしい。

（よかった）

神様も今日という特別な日を祝福してくださっているようで、自然と笑顔になる。

視線を窓から壁掛けの時計に転じた東城は、「六時二十分か」とひとりごちた。

三時過ぎに寝ついたアルベルトは、まだ深い眠りの中にいる。このところ海外出張や休日出勤などでずっと忙しく、睡眠時間も短かった。今日はひさしぶりの完全オフなので、できればたっぷりと睡眠を取ってもらいたい。

とはいえいつもの習慣で、六時間も眠れば目が覚めてしまうだろう。

彼が起きてくるまでの三時間弱が勝負だ。

誕生日の今夜、東城はアルベルトにシチリアの家庭料理を振る舞うつもりだった。

いままでも単品では作っていたが、今日はフルコースに初チャレンジする。そのために一ヶ月前からメニューを考え、食材を揃えた。【LOTUS《ロータス》】で共に働く同僚であり、優秀なシェフでもある最上《もがみ》にも相談に乗ってもらった。

一週間前から準備を始め、先に仕込みができるものは済ませ、冷蔵庫で寝かせてある。

さらにさっきはマリアにアドバイスをもらった。これで準備万端……のはず。

「よし」

気合いを入れるその声に反応して、キッチンの床に寝そべっていたスマイルが首を持ち上げ「クゥン」と鳴く。日の出直後の五時過ぎに散歩に連れていき、フードもたっぷり与えたので、しばらくは大人しいはずだ。

「アルベルトが起きるまではいい子でいてくれよ?」

東城の語りかけに、スマイルが「オンッ」と機嫌よく応じた。

それから三時間。

東城は一度も腰を下ろさずにキッチンに立ち続けた。前もってできるディナーの下ごしらえをほぼ終え、こちらは朝食用のフォカッチャが焼き上がったところで、タイミングよくアルベルトが起きてくる。内扉を開けてリビングに入ってきた恋人に、スマイルがむくりと起き上がり、「オンッ」と挨拶《あいさつ》をした。スマイルにとって、以前は「時々来るお客さん」だったアルベルトも、いまではすっかり「家族」だ。

「おはよう、スマイル」

ぶち模様の大型犬に挨拶を返したアルベルトが、次にオーブンの前の東城に話しかける。

「いい匂いだね……パンが焼ける匂いは人を幸せにする」

にっこりと微笑む恋人は、素肌にローブを羽織っただけの姿だ。アルベルトは寝間着を使用しない。子供の頃からの習慣で、なにか着たままでは眠れないのだそうだ。

そんなラフな格好でも『伊達男《だておとこ》』という印象は崩れない。却って褐色の肌からフェロモンが立ち上るようで直視できず、東城は伏し目がちに「おはようございます」と言った。

アルベルトが近づいてきて「おはよう」と返す。東城を後ろから両腕で囲い込み、首筋にキスをした。

「いつ起きたの？」

少し掠れた寝起きの声に、首の皮膚がぞくっと粟立《あわだ》つ。

このところアルベルトが忙しく、愛し合う時間を持てていなかった。そのせいか、ちょっとしたことで反応してしまいそうになる。そんな自分を疎《うと》ましく感じるが……自分ではどうしようもない。

「……いつもと同じです」

本当はいつもより早く起きたのだが、それを言えばアルベルトが気にすると思い、嘘をついた。それでも恋人は「あんまり寝ていないじゃないか」と心配げな声を出す。

くるりと腕の中で身を返され、恋人と向かい合わせにされた。

正面から見上げる美貌はかすかな愁いを含んでおり、彫りの深さが際立つ。ひそめた眉の下の、アッシュブラウンの瞳に自分が映り込んでいるのを認め、東城は微笑みを作った。

「短時間でも質のいい深い睡眠が取れているので大丈夫です」

それは本当だった。

アルベルトとこうなる前は、忌《い》まわしい過去を再現する悪夢にうなされ、夜中に飛び起きることも少なくなかった。けれどアルベルトと恋人としてつき合うようになってから少しずつその回数が減り、一緒に住み始めてからはほとんど見ることがなくなった。

「本当？」

「本当です」

目を見つめてはっきり答えると、漸《よう》やくアルベルトがほっと表情を緩める。

「ならよかった。きみのおかげで僕はとても快適で幸せな生活を送れているけれど、それと引き替えにきみに負担を強《し》いているんじゃないかと時々心配になるんだ」

「負担なんて、そんなことありません」

びっくりして首を横に振った。それだけでは足りない気がして言葉を重ねる。

「神に誓って絶対ありません」

「うん……ありがとう」

形のいい唇に笑みを刷《は》いたアルベルトが、今度は東城の額にキスを落とした。そのまま唇を耳にスライドして「愛してる」と囁く。……惜しみなく、一日に最低一回は贈られる言葉だが、そのたびに東城の胸は高鳴り、天にも上る心地になる。その一方で、こんな幸せが自分の身に起こっていることが、なんだかちょっと信じられないような気分にもなった。

それを口にするとアルベルトが怒るので、胸にとどめはするが。

「さて、ひさしぶりにふたり一緒の休日だ。どう過ごす？」

アルベルトの問いかけに、東城は「朝食をとりながらプランを練りましょうか？」と提案した。

「ちょうどフォカッチャが焼き上がったところですので」

「そうだね。それはいい案だ」

ダイニングテーブルに差し向かいで座り、朝食をとる。

「そういえば、加賀美《かがみ》と谷地《やち》さんが同居を始めた話はしたよね？」

東城は紅茶をサーブしていた手を止めた。

「いいえ、お聞きしていません」

「そうだった？　ごめん、このところ忙しかったから失念していた」

謝ったアルベルトが、「このフォカッチャ美味しいね！」とうれしい誉め言葉を挟みつつ、話を続ける。

「ほら、去年この家にふたりで遊びに来た時、谷地さんが加賀美にプロポーズしていただろ？」

水を向けられ、昨年の秋にふたりが新居に遊びに来てくれた日のことを思い出した。

アルベルトの秘書の加賀美と、世界的なファッションデザイナーの谷地が、実は恋人同士だとアルベルトに聞かされ、すごく驚いた。と同時に、とてもお似合いのふたりだとも思った。真逆のパーソナリティを持つふたりが、だからこそ強く惹かれ合うのもすごくよくわかる。

「……帰り際に谷地さんが、誰かが一緒に住んでくれるなら家を建てたいとおっしゃって」

「そう、それ。結局、一軒家を建てるのは時間がかかるということで、ひとまずマンションに同居の運びとなったらしい」

「つまり、加賀美さんはプロポーズを受諾された……ということですか？」

「そういうことだね。加賀美は世界一優秀な秘書だと僕は思っているけれど、自分が完璧であるが故に、他人にもそれを求めるところがあった。でもその彼が、本気の恋をして変わったんだ。人間としての弱さや脆《もろ》さを許容できるようになった。馴れ合いを嫌い、部下を近づけなかった男が、いまでは会社の『一緒に呑みたい上司ナンバーワン』だよ」

感慨深げな声で、アルベルトがつぶやく。

（本当にうれしそうだ）

加賀美は、異国で闘うアルベルトを陰ながら支えてきた、いわば戦友だ。その戦友に、いい意味での変化が訪れたのが、我がことのようにうれしいのだろう。

「よかったですね。谷地さんもきっとすごくうれしかったでしょうし」

「うん、本当によかった。世界で闘う谷地さんにとっても、加賀美が待つ家というのは強力なモチベーションになるだろうし……僕がきみの待つ家に帰ることをなによりの心の安らぎにしているようにね」

さりげなくフォローアップの言葉をくれてから、アルベルトが尋《たず》ねる。

「それでふたりに新居祝いを贈ろうと思っているんだけど、このあと買い物につき合ってくれる?」

「もちろんです」

恋人の要望に、東城はふたつ返事で応じた。


一時間後、アルベルトの愛車マセラティの後部シーターにスマイルを乗せ、代官山《だいかんやま》までドライブをした。代官山をセレクトしたのは、センスのいいショップが多いのと、スマイルを連れて入れるドッグカフェが数軒あるからだ。

ステアリングを握る恋人の横顔をじっくり見られる助手席は、東城にとって特等席だ。

今日のアルベルトは休日仕様で、白いシャツに薄手のジャケットを羽織り、陽射しよけのサングラスをかけている。彫りの深い横顔にはサングラスがとてもよく似合った。こっそり横目で眺めては、そのたびにうっとりする。

「さぁ、着いたよ」

駐車場に車を駐め、ふたりと一匹で代官山散策を始めた。スマイルのリードはアルベルトが引く。本日二度目の外出に興奮気味のスマイルをコントロールするには、東城の腕力ではいささか心許なかったからだ。

薫風《くんぷう》が心地よく、晴天に恵まれた休日のせいか、人出が多かった。代官山は路面店が多いのが特徴だが、たくさんの人が散歩がてらのショッピングといった風情でそぞろ歩いている。

東城とアルベルトも、よさそうな店を覗《のぞ》いてはめぼしい商品を手に取り、「これはどう?」「これもいいんじゃないでしょうか」などと候補を挙げ合った。

何軒かの店を梯子《はしご》し、候補の品を数点ピックアップしたあとで、スマイルを連れてドッグカフェに入り、候補を絞っていく。加賀美が【LABO《ラボ》】の社員であることから、インテリア小物はすでに揃っているだろうという話になった。リネン類も人によって好みが分かれるところだ。加賀美だけならまだアルベルトに予測がつくが、谷地の好みまではわからない。さらなる検討の結果、実用的なキッチングッズの詰め合わせがいいのではないかという結論に至った。

生活雑貨を扱っている店に戻り、東城が自宅で使ってみてこれは便利だと思ったものや、【LOTUS】の厨房で評判がいいものを幾つかチョイスして梱包してもらう。

「決まってよかった。明日にでも会社で加賀美に渡すよ」

大きめの紙袋を提げたアルベルトがにこにこと言った。忙しくて身動きが取れない中でも、ずっと気にかかっていたようだ。部下思いの彼らしい。

「気に入っていただけるといいんですが」

「大丈夫。実際にきみが使ってみて『使える』グッズなんだから、まず間違いない」

太鼓判を押してもらい、ちょっとほっとした。

その後は、欲しい本があるというアルベルトのリクエストで、洋書が揃っている書店へ向かった。ここは書店のみならず、レストランやカフェ、ペットショップ、ドッグランを併設する複合施設となっている。スマイルをドッグランに預け、なにかあったら携帯に連絡を欲しいとスタッフに頼んで、アルベルトと東城は書店の店内に入った。

みっしりと天井高くまで本や雑誌が陳列されているフロアでは、様々な年齢層の人々が本を立ち読みしたり、雑誌を捲ったりしている。

人と本棚の間をかいくぐり、洋書コーナーを目指して通路を進んでいると、向こうから見覚えのあるふたりが歩いてきた。長身の男性がウェーブのかかった明るい色の髪で、もうひとりはさらさらの黒髪にシルバーフレームの眼鏡をかけている。ふたりとも人目を引く容貌をしており、なおかつおしゃれなので、遠目からもかなり目立った。

「あ……」

「おや」

アルベルトと同時に声を発する。向こうもこっちに気がついたようだ。

「アルベルト……と東城サン！」

長身の彼が名前を呼び、眼鏡の彼はびっくりした様子で切れ長の目を見開く。

「久家《くげ》……と益永《ますなが》くん？」

アルベルトも彼らの名前を口にした。ふたりは東城の職場である【LOTUS】が入るビルの二階、三階を占めるデザイン事務所【Yebisu Graphics《エビスグラフィックス》】のメンバーだ。【LOTUS】と【Yebisu Graphics】はオーナーが一緒なので、大きなくくりでは彼らは東城の同僚ということになる。

実際のところ、彼らが朝【LOTUS】でコーヒーをテイクアウトしてくれたり、昼にランチをとりに来てくれたりと、しょっちゅう顔を合わせている。一方のアルベルトも、【LABO】のグラフィックを一任している関係で、直接の担当ではないが彼らとは顔見知りだった。

「偶然！」

歩み寄ってきた久家が、東城に「どーも」と挨拶をする。

「こんにちは。久家さん、益永さん」

益永がぺこりと頭を下げ、「こんにちは」と返してきた。いつもふたりはスーツなので、私服はほぼ初めて見たのに等しいが、共に春らしい色合いの装いだ。

特に益永は薄いピンクのシャツが、普段の硬質なイメージを裏切り、やわらかな印象を受けた。もともと非常に綺麗《きれい》な顔立ちをしているが、今日は格段に華やいで見える。そう思うのも、実はこのふたりが恋人同士だと、アルベルトから聞いて知っているからかもしれない。

こちらはサックスブルーのシャツの肩に白のセーターを巻いた久家が、にっと口の端を持ち上げる。

「なに、今日は代官山デート？　相変わらずアツアツだねえ」

「そういうきみたちだって。……そう言えば久家は代官山に住んでいるのだっけ？」

「いや……」

否定した久家が、ちらっと傍《かたわ》らの益永を見やる。

「実は引っ越したんだよね」

「そうだったのか。どこに？」

「恵比寿《えびす》に。いい一軒家が見つかってさ」

益永になにかを確認するように「いい？」と伺いを立てた久家が、こちらを見た。

「一緒に暮らしてるんだ」

アルベルトが「それは……」と瞠目《どうもく》する。直後に笑顔になった。

「おめでとう、と言っていいのかな？」

「ま、そんな感じ」

晴れがましい表情で肯定した久家の隣で、益永が照れくさそうに眼鏡を押し上げる。

お似合いのふたりを、東城は微笑ましく見つめた。

自分たち然《しか》り、谷地と加賀美もそうだが、男同士というハードルは決して低くはない。

それでも、そのハードルを乗り越えて、共に生きていく道を選んだ。

勝手な思いだが、同志のような親近感を覚える。

「今度さ、遊びに来てよ」

久家が新居に誘ってくれた。

「な？　益永さん」

益永も「よろしかったら……おふたりで」と言ってくれる。

「ありがとう。ぜひとも伺うよ」

そう応じたアルベルトが「うちにも遊びに来てくれ」と誘い返した。東城を顧《かえり》みて、「ね？」と同意を求めてくる。

「はい。どうぞおふたりでいらしてください」

東城も笑顔で言葉を添えた。


久家たちと別れたあと、アルベルトは目的の本を無事手に入れ、スマイルをドッグランから引き取り、マセラティで帰宅した。

いよいよここからが本番だ。

キッチンでタブリエの紐をぎゅっと結び、ひそかに気合いを入れる。東城がディナーの支度をしている間、アルベルトはスマイルに餌をやり、遊び相手をしてくれた。

まずアンティパスト一品目は『鶏肉とセロリ、パルミジャーノチーズのサラダ』。

マリアに「鶏肉は、香り付けのローリエやセロリの葉っぱ、玉ねぎと一緒に茹でると臭みが消せるし、風味も出るわよ」と教わっていた。

パルミジャーノレジャーノをチーズグレーターで削り、干しぶどうはぬるま湯で戻し、松の実をフライパンで軽く煎《い》る。さいの目に切ったセロリと茹でた鶏肉、その他の材料をエクストラバージンオリーブオイルと白ワインビネガーであえ、塩、コショウで味を調《ととの》えて完成。

前菜がもう一品、『悪魔風パプリカのオーブン焼き』。さらに、『シチリア名物のライスコロッケ《アランチーニ》』も作った。ラグーソースを使ったリゾットの中に、モッツァレラチーズを詰めて丸めるところまでは準備してあったので、それにミキサーで細かくしたパン粉と卵をまぶして、さらにもう一度パン粉を重ねづけしてきつね色になるまで揚げる。

「いい匂いだ……なにを揚げているの？」

スマイルと一緒にキッチンに入ってきたアルベルトが、東城の手許を覗き込んだ刹那《せつな》「アランチーニ？」と驚きの声を発した。

「懐かしい……子供の頃よく食べたよ」

「そうマリアにお聞きして作ってみました」

東城の返答にアルベルトの顔がほころぶ。

「うれしいな。まさか東京で食べられるとは思わなかった」

ダイニングテーブルにアンティパストの二皿とライスコロッケを運ぶと、今度は目を丸くした。

「すごいね。豪華だ」

「まだこのあとも、プリモ、セカンド、ドルチェと続きますので」

「コース料理ということ？」

「今日は特別な日ですから、シチリアの家庭料理でコースを組んでみました」

「特別な日？」

不思議そうな顔をされ、どうやら当人は自分の誕生日を忘れていることに気がつく。

（ずっと忙しかったから、それも仕方がない）

かく言う東城も、自身の誕生日にさほどの思い入れはない。女性ではないし、三十を過ぎれば大概《たいがい》の男性はそんなものだろう。

ただし東城にとって、アルベルトの誕生日は、愛する人がこの世に生を受けた特別な日だ。

「あなたのお誕生日です」

神妙な面持ちで告げる。

「えっ」

虚《きょ》を衝《つ》かれた表情の一瞬後、アルベルトは「そうか……五月七日か」とつぶやいた。

「すっかり忘れていた」

「お誕生日おめでとうございます」

心からの祝福の言葉に、喜びを嚙み締めるような顔をする。

「……ありがとう」

「マリアから伝言です。『お誕生日おめでとう。心から愛している』とのことでした」

「今日マリアと話したの？」

「朝方に、お尋ねしたいことがあって私から電話をしました」

「そう。きみたちは仲がいいね。少なくともうちは、嫁姑の問題で悩まされることはなさそうだ」

アルベルトのジョークに、東城は微笑んだ。

「きみが腕をふるってくれるなら、料理に合うワインを選ばなくちゃね」

そう言って、アルベルトが地下のセラーに下りる。その間に東城は、庭で育てた花を飾ったテーブルに、グラスとナプキン、カトラリーをセットした。

五分後、アルベルトがセラーから選んできたのはシチリア産のワインで、彼が所有するワイナリーの作品だった。

「ネロ・ダヴォラとシラーをブレンドしたロッソで、芳醇《ほうじゅん》な果実味を感じさせる。標高二百五十メートルにある畑で長い西日を受け、ぶどうがゆっくり熟成するから、この味が出るんだ」

アルベルトの説明を耳に、赤ワインをひとくち含む。確かに味がしっかりと濃くて、シチリアの強い陽射しを思わせるワインだ。

「美味しいです」

「シチリア料理には、やっぱり土着品種が合うね」

美味しいワインのおかげで食が進む。

アンティパストをあらかた食べ終わったので、プリモピアットへ移行した。

マリア特製のパスタだ。にんにくとアーモンドをミキサーにかけたものに、セミドライトマトとオリーブオイル、バジルをやはりミキシングしたものを合わせ、アルデンテに茹でたペンネと混ぜ合わせる。ペコリーノチーズと塩コショウで味を調えて完成。

至ってシンプルなパスタだが、だからこそちょっとした塩加減でも違いが出てしまう。今日のために何度かひとりで試食したが、どうしてもマリアの味を再現できず……ついに今朝彼女に助言を求めたのだ。

テーブルにパスタ皿を運ぶと、アルベルトが顔を輝かせた。

「マンマのパスタだね」

「はい、美味しくできているといいのですが」

フォークでペンネを口に入れたアルベルトが、ゆっくりと味わうように咀嚼《そしゃく》する。東城は固《かた》唾《ず》を呑んでジャッジを待った。

アルベルトが「うん」とうなずき、にっこりと笑う。

「マリアの味だ」

「本当ですか？」

東城は思わず身を乗り出した。

「記憶にある味とまったく同じだ。ペンネの茹で加減も完璧」

「……よかったです」

ほっと肩の力が抜ける。東城自身もペンネを食べてみて、アルベルトの言葉がお世辞ばかりではないことを確認した。さすがはマリアだ。的確なアドバイスに感謝する。

ラスト、メイン料理であるセコンドピアットは『ファルソマグロ』。イタリア版のミートローフだ。豚の挽肉とゆで卵、ほうれん草を豚の薄切り肉で巻き、太巻きのようにしてオーブンで焼く。出来上がったミートローフを輪切りにして、トマトソースの上に盛りつけて完成。

「これこれ！　子供の頃大好物だった」

サーブした皿を見て、アルベルトがはしゃいだ声を出す。

「滅多《めった》に食べられないご馳走だったけど……誕生日やクリスマスに作ってもらえた時はうれしかったな」

「よろしかったら、あたたかいうちにお召し上がりください」

「うん、いただくよ」

ここまでにかなりの量を食べているにもかかわらず、取り分けたミートローフをぺろりと平らげたアルベルトが、ナプキンで口を拭って「故郷の味はやっぱりいいね」と言った。

「ただいまドルチェをお持ちします」

ドルチェは『レモンのムース』を用意した。朝、自家製のリモンチェッロを使って作り、冷蔵庫で冷やしておいたものだ。ムースに輪切りのレモンと庭で取れたミントの葉を添えて出す。

「ああ……これは爽《さわ》やかだ。さっぱりしていて美味しい」

とりたてて甘いものが好きなわけではないアルベルトが、それでもそう言ってくれた。

「エスプレッソの前に食後酒はいかがですか？」

「食後酒？　なにがあるの？」

「ハーブで作ったロゾリオとリモンチェッロです」

「きみが作ったの？」

「はい、ロゾリオは庭のハーブ……ミント、バジル、ベイリーフ、ローズマリーをスピリタスに漬け込みました」

「ぜひそれを呑んでみたいな」

アルベルトのリクエストで、ロゾリオをタンブラーグラスに注ぐ。

「グリーンの色合いが綺麗だね」

「グラニュー糖が入っているので少し甘いかもしれません」

「うん……でも美味しいよ。きみが丹精して育てたハーブで口の中がすっきりする」

ディナーのシメは、いつものエスプレッソのダブル。【LOTUS】と同じエスプレッソの粉を使って淹れた。

エスプレッソをひとくち含んだ恋人が、満足げに「あー……全部美味しかった」と言った。

東城もデミタスカップを口に運び、ほっと息をつく。

なんとか無事にディナーが終わった。いまの自分としては精一杯だったが、料理の段取りが悪くてアルベルトを待たせてしまった時間もあったし、マリアの味を再現し切れたかと言えばまだまだ。もっと精進しなければ。

「ユキ」

反省していると不意に名前を呼ばれ、視線を上げる。正面からの恋人の視線とかち合った。

「仕事で忙しい中、僕のためにマリアの味をマスターしてくれてありがとう」

真剣な眼差《まなざ》しで見つめられる。

「どれも紛れもなく故郷の味だった。味わいながら大切な思い出が蘇《よみがえ》った。なによりの誕生日プレゼントだよ」

真摯《しんし》な声で紡がれる言葉に、東城のほうがプレゼントをもらったような気分になった。

一緒に暮らし始めてから初めての誕生日――というイベントを迎えるにあたって、なにを贈ればいいのかすごく迷った。

この機会に、自分が日々どんなにアルベルトから幸せをもらっているか、彼に感謝の気持ちを伝えたい。

でも恋人はなんでも持っているし、自分が買えるものは限られている。

だったらいっそのこと、物ではなく、アルベルトが喜んでくれることをしたいと思った。

自分にできること。自分だからできること。

あれこれと考え抜いて出した結論が、「故郷の味の誕生日ディナー」だった。

多分に気を遣ってもらった部分もあると思うが、「大切な思い出が蘇った」と言ってもらえてうれしかった。そうであればいいな……とひそかに願っていたからだ。

「こちらこそ……いつもありがとうございます」

アッシュブラウンの瞳をまっすぐ見つめて告げた。

「私とスマイルにたくさんの幸せをくださって……心から感謝しています」

自分の名前に反応したスマイルが、床に寝そべったまま尻尾をぱたぱたと振る。

「……ユキ」

アルベルトが蕩《とろ》けるような笑みを浮かべた。

「御礼を言うのは僕のほうだよ。きみとスマイルという家族の存在が、どれだけ僕の支えになっているか。本当にありがとう」

テーブルの上の東城の手を摑み、ぎゅっと握り締める。

「僕の側にいてくれて」

愛情の籠《こ》もった眼差しと声に、胸の奥があたたかく湿った。

「これからもずっと側に……一緒にいて欲しい」

「はい……はい」

切なげな懇願に応えてこくこくと首を縦に振る。

「ずっとお側にいます」

「ユキ」

感極まったような表情を浮かべたアルベルトが、椅子を引いて立ち上がった。つられて東城も立ち上がる。テーブルを回り込んできたアルベルトに抱き寄せられた。

「愛してる」

「アルベルト……私も……」

東城も大きな背中に腕を回して恋人を抱き締め返す。

内側から熱を発している硬い肉体を抱き締め、彼からも抱き締められる幸せ。

腕の力を緩めたアルベルトが東城を少し離し、顔を近づけてくる。唇と唇が重なった。上唇をやさしく吸われ、次に下唇を吸われる。

慈《いつく》しむような、想いを分かち合うようなキスに、東城はうっとりと身を委《ゆだ》ねた。

幾度か東城の唇を啄《ついば》んで、アルベルトが離れる。

ふたたび至近距離で見つめ合った。恋人の瞳の中に自分を見つけるたび、なんともいえない喜びに包まれる。自分の瞳も、愛する人の姿を映し出しているだろうか。

お互いの腰に手を回し、視線を絡め合わせていると、足許から「ハッ、ハッ」という息づかいが聞こえてきた。誘われるように下を向いてスマイルと目が合う。

「クゥウン」

仲間に入れて欲しそうな鳴き声に、アルベルトが吹き出した。屈み込んでスマイルの首筋をマッサージし、「もちろん、きみのことも愛しているよ。だけどいまはユキが優先だ」と言い聞かせる。

「一時間……そうだな……二時間、大人しくしていてくれ。今日は僕の誕生日だからプレゼント代わりに……できる？」

「ワウッ」

「よし、いい子だ」

スマイルを誉めて頭を撫でてから、東城の手を摑んで引いた。

「アルベルト?」

「きみにディナーの御礼をしたい」

寝室まで手を引かれ、ドアを開けたアルベルトに肩を押される。部屋に入ると、後ろでドアが閉まった。アルベルトが壁際のスイッチに触れる。キングサイズのベッドが、オレンジ色の間接照明に浮かび上がった。

毎日寝起きしているベッドが、なんだか生々しく視界に映り、東城はつと目を逸《そ》らす。

寝室に来た、ということは、おそらくこれから抱き合うのだ。

それは東城にとって無上の喜びであると同時に、自我のコントロールを失う不安と背中合わせの行為だ。

どちらかというと自制心が強い自分が、恋人と抱き合っている時だけは、自己抑制を見失ってしまう。今度こそ快感に流されまいと心に誓うのだが、最後まで貫き通せた試しがない……。

自分が自分でなくなってしまうようで……心許ない。

そう訴えると、アルベルトはいつも笑って「どんなきみも僕の大好きなきみだよ」と言ってくれるけれど。

「おいで」

アルベルトにふたたび手を引かれ、ベッドまで連れていかれた。

「座って」

ベッドの縁に腰掛けるように促される。素直に従うと、前に立った恋人がちゅっと唇を啄み、東城をゆっくりと押し倒した。

仰向けにベッドに倒された状態で、腰のベルトを外され、ファスナーを下げられる。

「少し腰を上げて」

やさしいけれど抗《あらが》いを許さない声で命じられた東城は、戸惑いつつも腰を浮かせた。直後、下着ごとスラックスを下げられる。足首まで一気に下ろされ、脚から抜かれた。

いきなりシャツ一枚になった心細さに、小さく震える。

「寒い？」

「いいえ……大丈夫です」

否定したが、アルベルトは素足に手を当てて、さすってくれた。手のひらでさすられた場所がぼんやりとした熱を持ち始める。そうやって東城の緊張を解してから、アルベルトが膝を摑んでそっと左右に開いた。剝《む》き出しの股間に視線を感じて、じわっと首筋が熱くなる。

もう何度も見られている。自分よりきっと知っている。それでも……羞恥が込み上げるのはどうしようもない。

アルベルトが顔を寄せてきて、あたたかい吐息が触れた。ぴくんとおののいた刹那、濡れた口《こう》腔《こう》内に含まれる。

「……っ」

身がすくむほどの熱に包まれて息を呑む。すぐに大きな舌が絡みついてきた。裏筋を舐め上げられ、括《くび》れから亀頭にかけてを舌先で辿られて、太股の内側がぴくぴく痙攣《けいれん》する。

口で愛撫される気持ちよさを、東城はアルベルトとこうなって知った。それまでは、オーラルは「するもの」であって「されるもの」ではなかった。

そのせいか、自分のものを愛撫させてしまうことに、申し訳なさが先立つのだが……。

いささかの躊躇《ちゅうちょ》もなく亀頭をぬるぬると舐め回していた舌が、小さな切れ込みをつつく。舌先でくにゅっと押し広げられて、ひくんっと喉が鳴った。口を開けた孔《あな》からつぷんと透明な粒が盛り上がったのが、自分でもわかる。

その粒を舐め取られ、亀頭全体に塗り広げられた。口淫と同時に手で軸を上下に扱《しご》かれる。

「……ふっ……あっ」

巧みな愛撫にそそのかされて喉の奥から声が漏れた。反射的に両手で口を塞ぐ。

窄めた唇で圧をかけられ、陰嚢《いんのう》を両手で揉み込まれ、また先走りが溢れた。頭に霞《かすみ》がかかったみたいにぼうっとしてきて……瞳が濡れる。腰が淫らに揺れてしまうのを我慢できない。

「っ……ッ……」

東城は口を押さえていた手を離し、ベッドリネンをぎゅっと摑んだ。なにかに縋らずにはいられなかった。

「……いいの？」

欲望から口を離したアルベルトに問われ、薄く開いた唇から吐息を零す。

「……いぃ……です」

どうにかなりそうに気持ちがいい。

官能が理性の領域を塗りつぶそうとしているのを感じる。もうすぐコントロールがきかなくなる。予感はあったが、ここまでくると引き返すこともできなかった。

「気持ち……い……あぁ……ッ」

会陰《えいん》を滴《したた》り落ちた愛液の滑りを借りて、アルベルトの指が中に入ってくる。

「あ……入っ……て……」

長い指に犯される感覚に顔を左右に振った。

「ひさしぶりだからかな。すごく……感じているね。指が痛いくらいだ」

感じ入ったような掠れ声を落としながら、恋人が指を動かす。その動きに合わせて中がうねる。

狭い肉を掻き回され、ひときわ感じる前立腺を指の腹で擦られて、どんどん追い詰められていく。

欲望を直接愛撫されるのとは、種類の違う快感に頭が白くなった。

「く……ふ、ん……ン、ん……」

鼻から甘ったるい息が漏れる。背中をゆるやかに反らした東城の、無意識に突き出したペニスに、アルベルトが口をつけた。白濁混じりの蜜を舐め啜る。

「ふぁあっ」

いく。もう、イク……！

喉を大きく反らせた時、中から指がずるっと抜けた。

「…………え」

絶頂の寸前で突然放り出された喪失感に、東城は目をパチパチと瞬かせる。涙の粒が零れた。

（な、なに……？）

呆然《ぼうぜん》としていると、アルベルトが体を起こし、濡れた東城の目を覗き込む。

「指がいい？　それとも僕が欲しい？」

そんなの訊かれるまでもない。こくっと喉を鳴らし、東城は答えた。

「あなたが……いいです」

アルベルトの美貌が色悪な笑みを浮かべ、甘く昏《くら》い声でそそのかす。

「きみがどんなに僕を欲しがっているのか……見せてごらん」

「…………」

東城は欲望を勃たせた恥ずかしい状態のまま、たどたどしい手つきでシャツの前ボタンを外した。合わせを開いて胸を見せる。恋人の愛撫を欲しがって、触られてもいないのに浅ましく屹立してしまっている乳首。右の乳首に手を伸ばし、自分できゅうっと捏《こ》ねる。

「……ふっ……」

ぴりっとした痛みが走り、眉をひそめた。だが弄《いじ》り続けているうちにジンジンと疼《うず》き出す。

「乳首、感じる？」

「感じ……ます」

「どんなふうに感じたか、脚を開いて……もっとよく見せて」

指示どおりに両手で太股の裏を摑み、おずおずと左右に広げた。恥ずかしい場所をつぶさに観察する視線に炙《あぶ》られ、熱に浮かされたように体温が上がる。

「ああ、うん……物欲しげにひくひくしているね……濡れて赤らんですごくいやらしい」

言葉にされてカッと顔が熱を孕《はら》んだ。先端からまた蜜がとろりと溢れる。

奥が……熱くて……たまらない。

「きて……お願い」

お願いしても、アルベルトは動かない。彫像のように、東城を凝視して動かない。

焦燥感にうずっと腰を揺らし、東城は乾いた唇を舌で潤した。決死の思いで口にする。

「ここに……欲しいんです」

そうまで言っても願いは叶えられず、たまらずそこに自分の指を入れた。先走りでぬるんだアナルをクチュクチュと掻き混ぜて、腰を揺らめかす。

「おねが……い」

東城の痴態にアルベルトの喉が音を立てて大きく上下した。両目を瞬かせ、ふっと息を吐いたかと思うと、少し掠れた声で「いじめてごめんね」と謝る。

「きみがあんまり可愛らしいからいじめたくなって。いまからたっぷり愛してあげるから」

手早く下衣をくつろげ、中からすでにマックスまで昂《たかぶ》った欲望を取り出したアルベルトが、東城を四つん這いにさせた。濡れた切っ先を後孔に宛《あ》てがい「入れるよ?」と覚悟を促す。

腰を摑まれ、剛直をぐっと押し込まれた。

「……ひ……」

張り出たエラで入り口の前立腺を刺激され、足の爪先までビリビリと電流が走る。

「は……はい、るっ……入……ん、んっ……」

根元まで押し込まれると同時に、ベッドリネンに白濁が散った。

へたっと頽《くずお》れると、背後のアルベルトが「いまイッた?」と訊いてくる。

「ご……ごめんなさ……」

「僕が焦らしてしまったからだよね。お詫びにこれからもっと気持ちよくしてあげる」

そう言ったアルベルトが東城の腰を抱え直した。抜き差しが始まる。尻をきつく摑まれ、突き入れるようにねじ込まれて、ふたたび勃起した。

どこが弱いか、どんなふうにすると東城が乱れるかを知り尽くしている恋人は、ピンポイントで、時に甘く、時に激しく、責め立ててくる。達したばかりで敏感になっている奥の弱みを硬い雄で突かれ、仰け反った喉から嬌声《きょうせい》が零れた。

「あぁ……あーっ、あーっ」

感じすぎて、恥ずかしいくらいの声が出てしまう。

角度がついたペニスの先端から、とろとろと愛液が溢れる。中の前立腺を擦られながら、濡れそぼった性器を大きな手で扱かれると、全身の痙攣が止まらなくなった。

「アルベルト……アル……ベルト……あ……あ」

「ユキ……愛してる……ユキッ」

後ろから抜け出たアルベルトに身を返され、濡れた孔が閉じる間もなく挿入される。ぐぷっと音を立てて一気に入ってきた雄ごと、東城は恋人のしっとり濡れた体を抱き締めた。

二度と放したくない。このままひとつに……溶け合ってしまいたい。

切なる想いのままに、自分の中で暴れるアルベルトをきつく締めつけた。収斂《しゅうれん》に応え、恋人がひときわ大きく膨らむ。

「……っ」

息を止め、ぶるっと身震いした一瞬後、アルベルトが劣情を叩きつけてくる。

「あ……熱いっ……は——ぁあッ」

自分の奥がたっぷりと恋人の熱で充《み》たされる感覚に引き摺られ、東城も二度目の精を放った。


続けて二度繋がったあとで、体を綺麗にしてベッドに入り、いつの間にか気を失うように眠っていたらしい。

アルベルトの胸に顔を埋めていた東城は、カリカリとドアを引っ掻く音に意識を引き戻された。

薄く目を開いた瞬間、「ワウッ」という吠え声が届く。

東城の髪を弄っていたアルベルトが「スマイルだ」と囁き、腕時計で時間を確かめた。

「二時間過ぎている。……時間切れか」

苦笑混じりにつぶやくと、東城の額にちゅっとキスをして身を起こす。ベッドから起き上がった恋人がドアを開くやいなや、スマイルが飛び込んできた。ローブ姿の東城目がけ、一目散にダッシュしてくる。

「スマイル！ ……うわっ」

飛びかかってきた愛犬に押し倒され、思わず悲鳴が出た。ペロペロと東城の顔を舐めるスマイルの尻尾は、左右に激しく動いている。仲間外れにされてよほど寂しかったんだろう。

「こらこら。ベッドに上がっちゃだめだろ」

スマイルを叱ったアルベルトが、自分はベッドに乗り上げてきた。

「クゥン……クン」

「わかってる。おまえも家族だよ。まぁ、今日は特別に許す。でも明日からは床だからね」

「オンッ」

うれしそうなスマイルを真ん中に挟む形で、アルベルトが東城の肩を抱き寄せた。髪にやさしいくちづけと「愛してる」という囁きが落ちる。

「もう少ししたら一緒にお風呂に入ろう」

愛する家族のぬくもりに包まれた特別な一日の終わりに、東城はうっとりと微笑んだ。

あとがき

六年前に幕を下ろした『YEBISUセレブリティーズ』をふたたびこうしてお届けする日が来ようとは、当時は思いも寄りませんでした。人生、本当になにが起こるかわからないものです。

ここに至る経緯を簡単に説明しますと、まずは私のデビュー十五周年にちなみ、なにか記念本を出しましょうというありがたいオファーがありました。打ち合わせの中で、リブレさんのお仕事といえばやはりエビリティは外せないでしょうという話になり、不破《ふわ》先生が快くお引き受けくださって、発行の運びとなった次第です。

そしてこの本に先立ち、昨年の春、マガビー二十周年企画の一環としてエビリティのコミカライズが掲載されたのですが、こちらにもたくさんの反応をいただきました。まだ覚えていてくださったんだなぁと、とてもうれしかったです。その連載をまとめたコミックス『YEBISUセレブリティーズ　久家《くげ》×益永《ますなが》Ver.』も発売中ですので、こちらもよろしくお願いいたします。

さて、そんなわけで久家と益永はぼちぼちと書く機会があったのですが、谷地加賀美《やちかがみ》やアルベルト東城《とうじょう》はものすごくひさしぶりで、書き下ろし執筆に当たって既刊を読み返すところから始めなければなりませんでした。なるべく違和感のないようにと、心にとめながら執筆しましたが、私の文体も変わってしまっているので、当時のまんまというわけにはいきませんでした。その分愛情はたっぷりと込めましたので、これはこれでお楽しみいただけたらうれしいです。

今回はスペシャル本ということで、おもしろい試みもしております。まずは「エビリアンナイト」。こちらは以前全サの小冊子に収載されたものを大幅に改稿しました。エビリティ版アラブパラレルです。キャラが確立していると、こういったお遊びもできて楽しいですね。

「Special White Christmas」は、一昨年の暮れに開かれた私の五十冊刊行記念サイン会で配布した小冊子より再録しました。こちらは他シリーズから、キャラクターが出張してきています。「熱情《ねつじょう》」シリーズから『不遜《ふそん》で野蛮《やばん》』の織田《おだ》と上條《かみじょう》、「発情《はつじょう》」シリーズから『発情』の峻王《たかお》と侑希《ゆうき》、そして久家と益永が、イブの夜に【LOTUS DINER】に集合し、クロスオーバーするという設定です。

この「熱情」シリーズと「発情」シリーズの合同単行本『「情」〜Emotion〜』も、本著と同日に発売しておりますので、こちらもよろしくお願いします……とここですかさず宣伝（笑）。

そして一番の特別企画はまんまるさんの写真付きレシピです。まんまるさんは、『BL Kitchen』というブログを運営していらっしゃいます。以前に、まんまるさんから「『BL Kitchen』でエビリティ特集を組みたいのですが」というご要望をいただき、小説に出てくる料理の監修をさせていただいたことがありました。その特集の写真がとても素敵だったので、今回のスペシャル本に再録させていただきたいとお願いしたところ……なんと写真を新たに撮り下ろしてくださり、レシピも書き起こしてくださいました。まんまるさん、お忙しいところ、本当にありがとうございました。このレシピを参考にすれば、ご自宅でエビリティのキャラクターたちと同じ味が楽しめます。ぜひ皆さんもトライしてみてくださいね。

さてさて今回も不破先生には大変にお世話になりました。素敵なカラーはもとより、モノクロイラスト、そして巻末の漫画まで……六年のブランクがなかったかのようなエビリティたちに、顔がほころびました。不破先生、またご一緒できて楽しかったです。ありがとうございました。

また、デザイナーの小菅《こすげ》さんにもご尽力いただきました。私と担当氏の要望をにこやかに聞き入れてくださりつつ、アイデアを盛り沢山に詰め込んで素敵な装丁にしてくださいました。

担当氏を筆頭に、リブレ出版の関係者の皆様、たくさんのフォローをありがとうございました。

十五年という区切りに、こうして記念の本を出していただけるのも、六年のブランクを経てエビリティを出していただけるのも、皆様の応援があってこそです。読んでくださる、求めてくださる読者の皆様の存在なくしては、私たちの仕事は成り立ちません。

感謝の気持ちをめいっぱい込めての、ひさしぶりのエビリティ。

六年ぶりの再会となる彼らはいかがでしたでしょうか。

ご感想など、お聞かせいただけると幸いです。お手紙ももちろん大変うれしいですが、ブログとツイッターをやっておりますので、お気軽にそちらでも。お待ちしております。

この本をひとつの区切りとし、また新たな気持ちで一歩を踏み出していきたいと思っています。

今後の作品が皆様の感性とフィットして楽しんでいただけたら、なによりもうれしいです。

二〇一四年　十六年目の春に　岩本　薫

Comic／不破慎理　Story／岩本 薫

■最近どうしてますか？■
ボス×はるか
責任ある仕事を任されるようになりました！
クライアントからの評判もいい
俺が見込んだだけのことはある
さて今晩は何が食べたい？
お手伝いします！
週末はボスの家でラブラブです♡
俳優としてのケイが国内外で大ブレイク！
嬉しいけど…
会える時間は減っちゃった…
ようやく休みが取れたんだ
ヨーロッパに行こう！
ケイ×アキラ
え？ヨーロッパ？
美術館行こ！
スケッチも教えてよ♪
どこに行ってもラブラブです♡

当直続きだが
ちゃんと
食べているか？
食ってるって
いい加減信じろよ
医者の不養生で
自分の健康には
無頓着だからな
そんなおまえの
ことは
俺が護る
綿貫×狩野
いちいちセリフが
くせぇんだよッ
相変わらず
ラブラブです♡
ひ、ひどいよ
要ッ
レオン×高館
すまん
つい反射で…
要〜〜
ドカ
昨夜は俺の腕の中で
薔薇のように
艶やかに咲き乱れて
くれたのに…

Comic／不破慎理　Story／岩本 薫

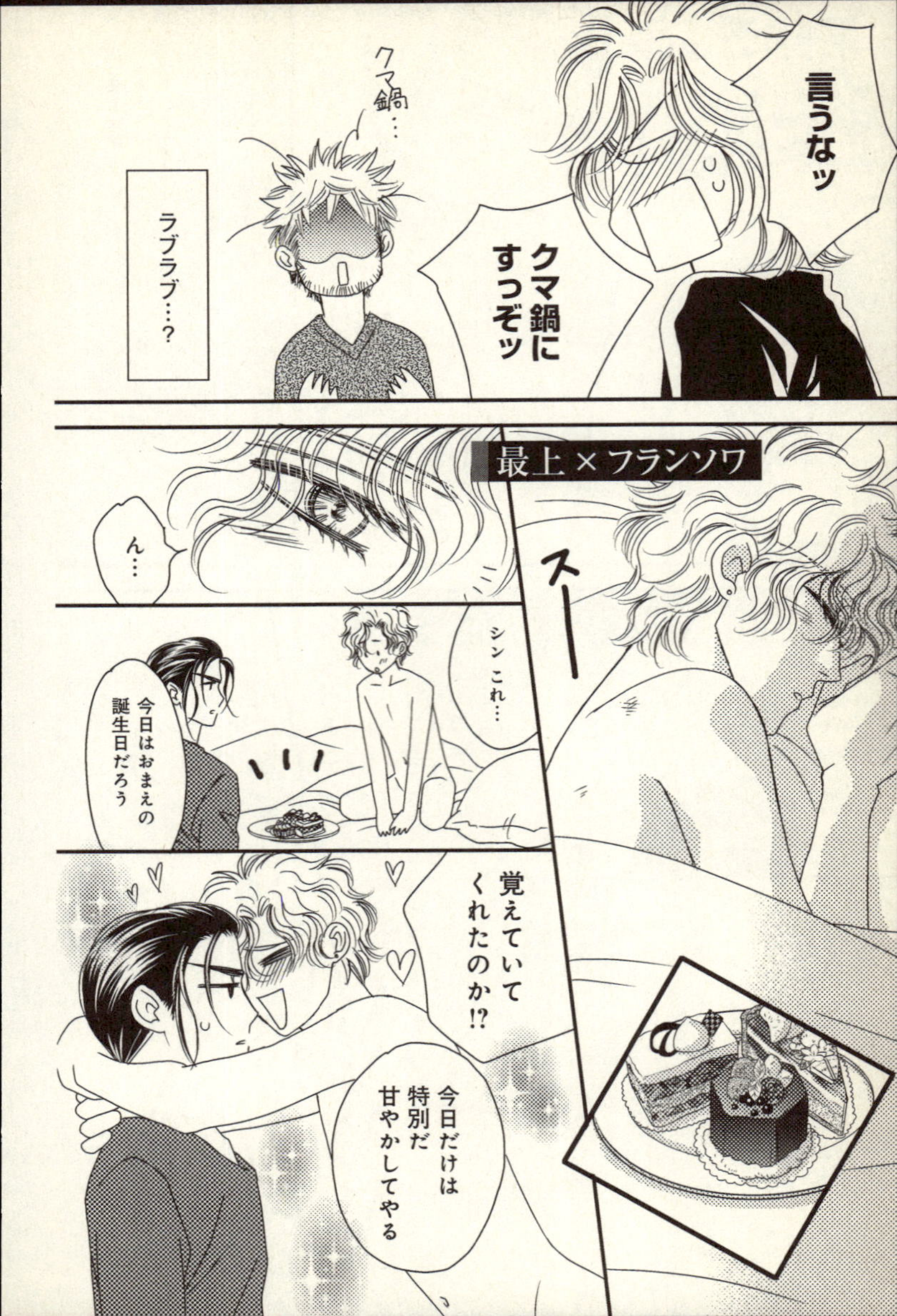

at LOTUS
それでもシー
師匠と天使
今日もラブラブだな
この前頼まれた
デセール
天使が食べたに
1000円
ばれてます
いやそれ～
賭けになんないっしょ
アイドル犬としての
センターポジションは
揺るがず？
よしよし
オン♪
スマイル

あとがき

この本を手にとってくださいましてありがとうございます！
久々に復活したエビリティですが、
久々にしてまたこのボリューム(笑)
懐かしい作品から新しい作品まで
いろんな萌が詰まった一冊となってると思います。

久々に描いたキャラクターも「そういえばこうだったな」と
懐かしく思い出しながらの作業となりました。

以前からエビの面々を愛してくださっている読者様たちも、
初めて読む読者様たちも
どちらの方々にも楽しんでいただけますように。

不破慎理 拝

◆初出一覧◆

Eternal abode～永遠のやすらぎの場所～
／ドラマCD「YEBISUセレブリティーズEncore」ブックレット掲載
Kitty Kitty ／小説b-Boy('10年6月号)掲載
Summer Holiday～初めての里帰り～ ／小説b-Boy('14年1月号)掲載作品を加筆
Special White Christmas ／岩本薫通算50冊記念サイン会配布小冊子掲載
1st Anniversary
／アニメイト ガールズフェスティバル2010限定本「Libre Premium」掲載
エビリアンナイト～エビリティ版千夜一夜物語～
／2005年応募者全員サービス小冊子「YEBISUセレブリティーズSPIN OFF!!」掲載
お熱い夜をあなたに ／書き下ろし
特別な一日 ／書き下ろし
最近どうしてますか？ by不破慎理 ／描き下ろし

YEBISUセレブリティーズ INFORMATION

東京・恵比寿のデザイン・オフィス【Yebisu Graphics】。
そこに所属するデザイナーは、容姿・実力共に超一流の男達——
人は彼らをこう呼ぶ。恵比寿のセレブリティ＝エビリティ、と。
小説、コミック、ドラマCDなど多彩な広がりをみせるエビリティの世界！

YEBISUセレブリティーズ (新装版)
価格：900円+税
判型：新書サイズ

YEBISUセレブリティーズ2 (新装版)
価格：900円+税
判型：新書サイズ

YEBISUセレブリティーズ3 (新装版)
価格：900円+税
判型：新書サイズ

YEBISUセレブリティーズ4
価格：900円+税
判型：新書サイズ

YEBISUセレブリティーズ5
価格：900円+税
判型：新書サイズ

YEBISUセレブリティーズ6
価格：1,350円+税
判型：新書サイズ

YEBISUセレブリティーズSpecial
価格：1,100円+税
判型：新書サイズ

ビーボーイノベルズ
BBN

YEBISUセレブリティーズ
岩本 薫
(CUT／不破慎理)

アニミックス
ANiMiX

YEBISUセレブリティーズ1st
価　格：5,200円+税
原作者：不破慎理・岩本 薫
販売元：ムービック
発売元：リブレ出版

※ANiMiXはコミックスの絵がそのまま再現された動画DVDです。

Characters Book

YEBISUセレブリティーズ
Characters Book
価　格：2,300円+税
作家名：岩本 薫・不破慎理
判　型：A4サイズ

ビーボーイコミックス
BBC

YEBISUセレブリティーズ 不破慎理（原作／岩本 薫）

YEBISUセレブリティーズ1st(新装版)
価格：571円+税
判型：B6判

YEBISUセレブリティーズ2nd(新装版)
価格：571円+税
判型：B6判

YEBISUセレブリティーズ3rd
価格：562円+税
判型：B6判

YEBISUセレブリティーズ4th
価格：571円+税
判型：B6判

YEBISUセレブリティーズ5th
価格：600円+税
判型：B6判

YEBISUセレブリティーズ 久家×益永ver.
価格：619円+税
判型：B6判

ドラマCD

YEBISUセレブリティーズ(復刻版)
価　格：2,571円+税
原作者：岩本 薫・不破慎理
キャスト：千葉進歩、神奈延年　他

YEBISUセレブリティーズ2(復刻版)
価　格：2,571円+税
原作者：不破慎理・岩本 薫
キャスト：小杉十郎太、鈴村健一　他

YEBISUセレブリティーズ3
価　格：4,761円+税　＊CD2枚組
原作者：岩本 薫・不破慎理
キャスト：一条和矢、平川大輔　他

YEBISUセレブリティーズ4
価　格：2,572円+税
原作者：不破慎理・岩本 薫
キャスト：成田 剣、森川智之　他

YEBISUセレブリティーズ5
価　格：2,571円+税
原作者：岩本 薫・不破慎理
キャスト：遊佐浩二、土田 大　他

YEBISUセレブリティーズ6
価　格：2,762円+税
原作者：不破慎理・岩本 薫
キャスト：伊藤健太郎、乃村健次　他

YEBISUセレブリティーズ7
価　格：2,762円+税
原作者：不破慎理・岩本 薫
キャスト：鈴木千尋、山崎たくみ　他

YEBISUセレブリティーズGrand Finale
価　格：5,000円+税　＊CD2枚組
原作者：不破慎理・岩本 薫
キャスト：小杉十郎太、鈴村健一　他

YEBISUセレブリティーズEncore
価　格：5,000円+税　＊CD2枚組
原作者：岩本 薫・不破慎理
キャスト：小杉十郎太、鈴村健一　他

本やCDも直接ここから♥　リブレ出版のインターネット通信販売「リブレ通販」

PC　http://www.libre-pub.co.jp/shop/
Mobile　http://www.libre-pub.co.jp/shopm/

ビーボーイノベルズをお買い上げ
いただきありがとうございます。
この本を読んでのご意見・ご感想
をお待ちしております。

〒162-0825 東京都新宿区神楽坂6-46
ローベル神楽坂ビル５階
リブレ出版㈱内 編集部

リブレ出版WEBサイトでアンケートを受け付けております。
サイトにアクセスし、TOPページの「アンケート」から該当アンケートを選択してください。
ご協力をお待ちしております。

リブレ出版WEBサイト http://www.libre-pub.co.jp

BBN B●BOY NOVELS

YEBISUセレブリティーズSpecial

2014年3月20日 第1刷発行

著者――岩本 薫

発行者――太田歳子

発行所――リブレ出版 株式会社
〒162-0825
東京都新宿区神楽坂6-46ローベル神楽坂ビル
営業 電話03(3235)7405 FAX03(3235)0342
編集 電話03(3235)0317

印刷所――株式会社光邦

Printed in Japan
ISBN 978-4-7997-1461-4